MANFRED HELLWEG

Erinnerungen
an meine Kindheit

und an Spiele,
die heute kein Kind mehr kennt !

Bibliografische Information
der Deutschen Nationalbibliothek:

Die Deutsche Nationalbibliothek verzeichnet
diese Publikation in der Deutschen National-
bibliografie; detaillierte bibliografische Daten
sind im Internet über http://dnb.dnb.de ab-
rufbar.

Herstellung und Verlag:
BoD – Books on Demand, Norderstedt

ISBN: 978-3-7543-8384-1

**Diese Geschichten
widme ich meiner Familie.**

Ich bedanke mich
bei ihnen und allen,
die diesen Geburtstag
mit uns gefeiert haben.

Erinnerungen

Damals, um 1945, es war schon eine verrückte Zeit, gerade darüber fallen mir immer wieder Episoden ein, über die ich gerne erzählen möchte.

In Zukunft kann ich mich vielleicht nicht mehr so genau erinnern, weil mein Gedächtnis nicht mehr mit mir einverstanden ist, oder aber, es ist peinlich, mir so banale Ereignisse, die schon mehr als 70 Jahre zurückliegen, noch ins Gedächtnis zu rufen.

Ein bombardiertes Stadtviertel

Es waren die letzten Wochen vor Ende des 2. Weltkriegs.

Erinnern kann ich mich aber noch sehr genau. Den ganzen lieben langen Tag hörten meine Mutter und meine Oma, wie fasziniert, dem Sprecher im „Volksempfänger" zu.

Der „Volksempfänger" war die einzige Nachrichtenquelle, die wir hatten, und mit der die Bevölkerung informiert wurde. Zeitungen gab es kaum noch, deshalb  blieb uns als einzige Quel- le dieses Gerät zur Infor- mation übrig. Wie gebannt saßen wir davor, obwohl ich überhaupt nicht verstand, was ich aus dem Radio hörte.

Diese Nachricht heute musste aber wohl so besonders sein, denn beide weinten plötzlich. In der letzten Zeit erlebte ich immer wieder, dass beide nach einer Nachricht weinten.

Ich glaube, sie waren traurig. Darum weinte ich wohl aus Sympathie gleich mit. Beide nahmen sie mich in den Arm und versuchten mich zu trösten.

Es war aber, so glaube ich, gar nicht so einfach mich zu beruhigen. Immer wieder fragte ich meine Mutter, manchmal auch die Oma, warum sie weinten, wenn sie Radio hörten?

**Die letzten Tage –
es war mein vierter Geburtstag.**

Dann sagten sie mir immer: „Junge, es ist doch Krieg, aber unser Herrgott wird uns alle beschützen."

Ich konnte mir in diesem Alter nicht vorstellen, was Krieg ist. Während des Tages, und sogar nachts gingen manchmal die Sirenen los. Dann hörten wir Flugzeuggeräusche über uns am Himmel. Meistens rannten Mama und Oma wie wild durch die Gegend, wenn sie die Sirenen hörten, schnappten sich hastig einige Sachen zu Essen und Trinken, nahmen mich an die Hand und zusammen rannten wir so schnell wir konnten in unseren Keller. Nicht in unseren eigenen, nein in den Gemeinschaftskeller den „Luftschutzbunker".

Nach und nach kamen alle Hausbewohner hier unten an. In der beunruhigenden Stille falteten die meisten ihre Hände, einige zogen einen Rosenkranz aus ihrer Tasche und beteten ohne Unterbrechung. Da war ein Gemurmel, das ich nicht verstand.

Über uns hörten wir die Maschinen fliegen. Einmal kam ein lauter Knall, alle erschraken und weinten plötzlich los. Stille! Eine lange Zeit Stille. Die ersten

Frauen verließen den Keller und kamen laut weinend zurück. Im Nebenhaus war eine Bombe eingeschlagen.

Es war unser aller Glück, denn nur 10 oder 11 Meter weiter und sie wäre in unserm Haus eingeschlagen. Ich glaube, von uns wäre nichts mehr übriggeblieben. Nach und nach verließen wir alle den „Luftschutzkeller".

Als wir auf die Straße kamen, sahen wir die Bescherung. Das Haus nebenan war halb zerstört. Es lag in Schutt und Asche. Nur eine Hälfte stand noch. Niemand wurde verletzt, doch die Wohnungen waren ein Trümmer- haufen.

Das Erlebnis mit der Bombe war für meine Mama und Oma wohl wichtig. Beim nächsten „Bombenangriff", so bezeichneten sie den „Fliegeralarm", immer wenn die Sirenen heulten, schnappten sie die wichtigsten Sachen und Decken, verließen das Haus, und wir rannten über die Straße, in das auf der anderen Straßenseite liegende Straßenbahndepot.

Die Angst im Nacken trieb alle immer zur Eile. Das Depot war nicht weit entfernt, doch von unserer Wohnung aus, über die Straße, entlang des Gartens bis zum Depot schätze ich mal, waren es wohl mindestens 200 Meter.

Bei einem Fliegeralarm sollten wir, so schnell wie nur eben möglich, in einem Luftschutzkeller vor explodierenden Bomben Schutz finden. Dabei hatten wir das ganze Gebäude des Depots zu umlaufen, denn der Schutzbunker lag am äußersten, hinteren Ende, nahe der Bahngleise.

Das Depot war so lang, dass dort zwei Straßenbahnwagen hintereinander hineinpassten. Nebeneinander war Platz für ca. 8 bis 10 Straßenbahnen.

Bis wir letztendlich den Schutzraum erreichten, verging viel Zeit, in der wir von herunterfallenden Bomben hätten getroffen werden können. So schnell wie die vom Himmel fallen, konnten wir nicht von der Wohnung bis zum Schutzraum laufen.

Ich kann behaupten: „Wir hatten immer riesiges Glück, dass wir auf dem Weg nicht getroffen worden sind."

Als wir in den Raum kamen, waren wir nicht die Einzigen. Fast alle Bewohner der Castroper Straße von Anfang bis hinunter zur „Sanders Wiese" trafen sich hier. Es war, trotz allem, immer ein großes „hallo". Es kannten sich alle. Der Schutzraum war groß genug.

Jeder hatte, selbst in der Eile, für die kurze Zeit etwas mitgebracht, und gab, ohne zu fragen, seinem Nachbarn davon etwas ab. Es war einfach eine Gemeinschaft. Gemeinsam fieberten wir dann während des Bombenalarms, immer in der Hoffnung, nicht von einer Bombe getroffen zu werden.

Es dauerte nicht lange, bis sich auch in diesem Schutzraum das Beten aller Nachbarn fortsetzte. Sie konnten wohl nicht anders. Ihren Gesichtern konnte ich, schon als Kind, ansehen, wie verzweifelt sie waren. Einige schüttelten mit dem Kopf, konnten nicht verstehen was da über sie hinweg flog und schon gar nicht „warum"?

Nach einer langen Zeit hörten wir, dass Ruhe eingetreten war. Die Gesichter entspannten sich und Hoffnung breitete sich aus.

Besonders vorsichtig wurde die schwere Tür des Schutzraumes geöffnet und nach draußen geschaut. Wenn von den Fliegern nichts mehr zu hören war, atmeten alle tief durch. Draußen schauten sich alle erst einmal um, ob das Gelände vor dem Depot noch so aussah wie vorher.

Es war unheimlich still. Nachdem jeder sah, dass der Luftangriff hier nichts zerstört hat, atmeten sie auf und verließen schnellen Schrittes das Gelände. Wieder in unserer Wohnung, versuchten wir das erstmal wieder zu vergessen.

Es half ja auch nichts, der nächste Angriff konnte jeden Moment erfolgen. Damals wusste ich nicht, dass wir genau in einer für die Bomber wichtigen Gegend wohnten. Im Umkreis von nur wenigen hundert Metern war unsere Wohngegend das Hauptziel ihrer Zerstörungen.

Um die Ecke befand sich die Schlegel-Brauerei und uns genau gegenüber das Straßenbahndepot. Einige hundert Meter weiter der Hauptbahnhof. Drei wichtige Standpunkte, die aus Sicht der Alliierten zerstört werden mussten.

Meine Mutter schaltete sofort das Radio ein, und wir lauschten gespannt den Nachrichten, die über den Luftangriff berichteten. Wir hatten wieder einmal Glück, in unserer direkten Umgebung wurden die Gebäude von Bomben verschont. Daraufhin zündeten Mama und Oma Kerzen an, holten ihren Rosenkranz heraus und beteten.

Ich schaute mal wieder betreten zu, verstand nicht, warum sie beten, wenn eine besondere Situation eintrat. Nach einer Weile hörten wir die Straßenbahnen vor unserem Fenster rangieren. An dieses Rangiergeräusch waren wir gewöhnt. Es begleitete mich von früh morgens bis zum Abend.

Der „Volksempfänger" brachte die neuesten Nachrichten, die ich damals noch nicht verstand. Meine Mama allerdings war der Meinung, wenn sie den „Volksempfänger" einschaltete, würde sie hören, ob vielleicht mein Papa bald nach Hause kommt.

Meine Oma aber wollte immer wissen, wann der nächste Alarm losgeht. Vielleicht hätten wir dann mal genug Zeit in den Keller zu gehen, oder, wenn es sogar schlimmer würde, wieder hinüber rennen zu müssen in den Luftschutzbunker hinten im Straßenbahndepot.

Aus den Gesprächen mit den Nachbarn hatte ich erfahren, dass fast jede Familie so einen „Volksempfänger" hat. Da war es auch klar, warum alle Nachbarn fast zur gleichen Zeit die Schutzräume aufsuchten.

Manchmal fragte ich auch Mama nach meinem Papa. Immer hob sie die Schultern und konnte mir nicht sagen, wann wir ihn wiedersehen werden.

An ein Ereignis kann ich mich ganz besonders erinnern, ich machte irgendwann mit meiner Mama eine lange Reise mit dem Zug, um Papa zu besuchen.

Die Reise dauerte viele Stunden, so dass ich einen Teil der Reise verschlafen habe. Erst kurz vor dem Ziel bin ich aufgewacht und es war nicht so sehr weit zu laufen, bis wir an der Nordsee waren.

Da war ein riesengroßer Hafen mit vielen Schiffen. Zum allerersten male habe ich Schiffe gesehen. Für mich waren diese so hoch wie ein Haus. Ich war noch keine 4 Jahre alt, aber das weiß ich noch genau. Es war nämlich kurz vor meinem Geburtstag. Aufgeregt sah ich mich um, sah aber nur Schiffe, von Papa keine Spur.

Meine Mama hatte meine Hand fest in ihrer und zog mich immer weiter, obwohl ich mir lieber noch die Schiffe angucken wollte. Doch ich musste mit, bis wir vor einem großen Steinbecken standen, das voller Wasser war.

Am Rand lag ein Schiff, auf das wir zugingen. Dahinter war eine Wand und es sah aus, als wären da zwei große Tore, die man auseinanderschieben kann. Direkt dahinter nur Wasser. „Das ist die Nordsee", sagte Mama.

Je näher wir dem Schiff in dem Becken kamen, um so aufgeregter wurde sie. Da sah ich auf dem Schiff einen Matrosen stehen und hörte meine Mama sagen: „Das ist dein Papa!"

Der Mann kam mir bekannt vor, ich hatte ihn schon mal gesehen, wusste aber nicht wo. Später habe ich erfahren, ich kann ihn nur auf Fotos gesehen haben, die zu Hause in einem Karton aufbewahrt wurden.

Das war eine herzliche Begrüßung!

Ich durfte zu meinem Papa auf das Schiff. Er nahm mich mit in einen klei-

nen Raum und sagte, das ist die Kombü-
se. Hier kocht er für die anderen Matrosen das Essen.

Wir durften auch nicht lange auf dem
Schiff bleiben, Papa erklärte, mit dem
Pott fahren sie auf die Nordsee, um Mi-
nen aufzuspüren. Jetzt aber liegt es auf
dem Trockendock zur Reparatur. Das
habe ich alles überhaupt nicht verstan-
den, dafür war ich zu klein.

Für mich war es auf dem Schiff sehr
schön und ich wollte noch mehr sehen,
doch die Zeit war vorbei. Wir mussten
uns verabschieden. Meine Mama weinte, ich sah beide an, verstand das aber
nicht. Auf die Frage meiner Mama, wann
Papa denn nun endlich nach Hause
komme, zuckte er nur mit den Schultern.

Wir winkten noch lange, während wir
auf dem Weg zum Bahnhof waren.
Wann wir zu Hause ankamen, weiß ich
nicht, ich habe die meiste Zeit tief ge-

schlafen, wurde erst wieder wach, als es schon hell war.

Froh, endlich wieder zu Hause! Meine Oma wohnte ein Haus weiter in der ersten Etage. Sie schaute vom Balkon auf die Straße, sah uns schon von weitem, als wir noch an der Brauerei waren. Natürlich kam sie sofort zu uns runter, wollte wissen, wie es uns ging und was alles passiert war.

Mama erzählte und erzählte, wurde aber immer wieder von Oma unterbrochen. Sie wollte wissen, ob Papa bald nach Hause kommt. Darauf hatte Mama keine Antwort.

Einige Tage später hörten wir aus dem „Volksempfänger", dass der Krieg zu Ende sei. Niemand aus der Nachbarschaft, wir natürlich auch nicht, konnten das wirklich glauben. Es überschlugen sich die Ereignisse und aus dem „Volksempfänger" hörten wir Musik und lautes Gegröle.

Die Stimmen der Ansager überschlugen sich. Ich sah aus dem Fenster und konnte es nicht glauben. Unsere Castroper Straße war voller Menschen. Noch nie habe ich so viele Menschen gesehen. Wo kamen die bloß alle her?

Die Menschen waren fröhlich, sangen und tranken, umarmten jeden der ihnen begegnete. Es war unbeschreiblich. Ich ging nach draußen zu meinem Freund Jupp und wir beide freuten uns mit allen, wussten aber nicht warum!

Wir hörten lautes Rasseln und Fahrzeuge, die aus Richtung Kunibertitor auf uns zu fuhren. Die Menschen verstummten, alle schauten in die Richtung. Dann sahen wir den ersten Panzer auf uns zu rollen.

Oben auf dem Panzer Soldaten die Fahnen schwenkten. Dahinter noch mehr Fahrzeuge und Panzer. Alle Nachbarn hatten sich rechts und links der Castroper Straße aufgestellt. Wir stellten uns mit dazu. Laute Freudenrufe waren zu hören: „Die Amis sind da, die Amis sind da!"

Die Militär-Kolonne der Amerikaner zog an uns vorbei. Einige fuhren auf das Gelände des Straßenbahndepots, der Rest fuhr weiter die Castroper Straße hinunter. Es war eine nicht enden wollende Fahrzeugschlange.

Immer wieder hörten wir die Rufe: „Der Krieg ist aus!" Es war der 8. Mai 1945.

Am nächsten Tag hatte ich Geburtstag und wurde 4 Jahre. Die nächsten Tage waren einige der Schönsten in meinem jungen Leben.

Neuanfang Mai 1945

Die ersten Jahre nach Kriegsende 1945 waren für mich besondere Jahre. 1947 wurde ich eingeschult und das richtige, anders gesagt, das wichtige Leben begann.

Meine Eltern brachten mir bei:
„Ab heute beginnt auch für Dich der Ernst des Lebens!"

Mit dieser strengen Aussage konnte ich als fast 6-jähriger nichts anfangen. Bis zu diesem Zeitpunkt hatte ich ein schönes Leben, dachte ich. Das letzte Jahr des Krieges habe ich intensiv miterlebt. Wenn man als kleiner Junge nichts anderes kennt, denkt man doch, bis dahin war alles in Ordnung.

In meinem Umfeld waren meine Mama und Oma, einige Nachbarn und deren Kinder. Die meisten waren so alt wie ich. Aber einige Jahre jünger oder älter, das war egal.

Wie durch ein Wunder war auch eines Tages mein Papa bei uns. Eines Morgens wachte ich auf und sah Papa in unserer Küche sitzen. Es war so schön, plötzlich einen Papa zu haben.

Er hörte sich die neuesten Nachrichten an, aus dem „Volksempfänger". Das waren aber ganz andere Nachrichten als die Jahre vorher, während des Krieges.

An der Stimme der Ansager merkte ich, dass sie sich nicht mehr so eindringlich und bestimmend anhörten. Freundliche und fröhliche Stimmen, die immer wieder von Musik unterbrochen wurden.

Ich sah in die Gesichter meiner Eltern, sie waren fröhlich, glücklich, strahlten und lachten. Es war richtig schön sie so zu sehen. Vorher kannte ich nur die traurigen Gesichter von Mama und Oma.

Von meinem Papa war während des Krieges nie die Rede, er war einfach weg. Die anderen Kinder hatten auch keine Väter. Jetzt war er aber da und das war einfach schön.

Mit einem Nachbarjungen verstand ich mich besonders gut. Er wohnte direkt über meiner Oma. Jupp war mein Freund und ging mit mir in den gleichen Kindergarten, direkt neben der Kirche.

Den Vormittag über waren wir da, spielten mit anderen Kindern und wurden von Nonnen beaufsichtigt. Diese Nonnen mochte ich nicht. Sie waren viel zu streng und ernst.

Ich glaube, lachen konnten sie gar nicht. Sie hatten so schwarze Kostüme an, mit den komischen weißen Hauben auf dem Kopf. Alle Augenblicke knieten sie und falteten ihre Hände. Dann fuchtelten sie mit ihren Händen, machten ein Kreuz vor ihrer Brust und beteten.

Begriffen haben wir das nicht, ich sah Jupp an, sein Blick ging nach oben, was mir sagte, ich verstehe auch nicht, was die da machen. Ich war in einem katholischen Kindergarten

Meine Mutter und Oma taten das aber auch immer bei uns zu Hause, dabei schauten sie gläubig das Kreuz an, das an der Wand hing und beteten leise vor sich hin.

Mir erklärten sie dann, das ist der Heiland, dort an der Wand auf dem Kreuz, der ein Leben lang über uns alle wacht und jeden Schaden von uns abwendet. Welchen Schaden, wollte ich wissen? Wir hatten doch keinen Schaden, es war doch nichts zerbrochen.

Meine Oma und meine Mama glaubten sehr an diesen Heiland, was ich nicht verstand. Bei meinem Papa war ich mir nicht sicher. Diese Geste mit den Händen habe ich nie bei ihm gesehen. Er ging jeden Sonntag mit in die Kirche, Begeisterung aber sah anders aus, denke ich heute.

Unsere Wohnung war an der Castroper Straße. Guckten wir aus dem Fenster, sahen wir vor uns die Straßenbahnen den ganzen Tag ein- und ausfahren. Dadurch waren die Rangiergeräusche von früh morgens bis spät in die Nacht zu hören. An die Geräuschkulisse haben wir uns gewöhnt und sie später nicht mal mehr wahrgenommen.

Wir hatten zu der Zeit zwei Zimmer in der Wohnung. Eine Küche, darin Herd, zwei Schränke, Sofa, Tisch und Stühle und natürlich den „Volksempfänger".

Über den Flur, direkt gegenüber, unser Schlafzimmer mit einem großen Ehe- und meinem Kinderbett. Da kletterte ich rein und raus. Dann war da noch der Kleiderschrank, eine Kommode und zwei Nachtschränkchen.

Bald hätte ich es vergessen, es gab auch noch die Toilette. Diese war am Ende des langen Flurs, wir mussten sie uns mit einer anderen Familie teilen.

Diese Familie bewohnte die beiden anderen Räume, zum Hof hinaus. Zwischen den beiden Zimmern war die Toilette. Hier mussten sich alle waschen usw. Da waren nur ein Waschbecken und ein Klo.

Wenn wir dringend zur Toilette mussten, und Pech hatten, war sie besetzt von den Nachbarn. Dann konnten wir warten und warten. Die Nachbarn hatten eine kleine Tochter, genau so alt wie ich. Mit Hanne verstand ich mich prima.

Ich hatte nachts schon immer Probleme, musste mehrmals zur Toilette. Immer den langen Flur entlang im Dunkeln, das wollten meine Eltern nicht. Deshalb hatten wir neben dem großen Bett einen Zinkeimer stehen. Da musste ich rein pullern. Das war die schlimmste Zeit für mich, ich bin doch so geruchsempfindlich.

Meine Mama deckte den Eimer zwar immer mit einem großen feuchten Lappen ab, aber der Geruch war eklig. Morgens, sofort nach dem Wachwerden, musste ich den Eimer zur Toilette tragen, dabei habe ich mich oft übergeben.

Eine Badewanne oder eine Dusche hatten wir nicht. Zum Baden ging`s nur samstags runter in die Waschküche.

Samstags morgens musste ich mit Mama und Oma manchmal auf den Wochenmarkt, der sich gegenüber dem Rathaus befand.

Bei den zahlreichen Markthändlern kauften wir für die kommende Woche frisches Gemüse, Obst und andere Kleinigkeiten.

Mein Papa war nie dabei, er hatte sofort, nachdem er zurück vom Militär war, bei seinem ehemaligen Arbeitgeber in Suderwich seinen Job als Maurerpolier zurückbekommen. Samstags mussten die Männer auch arbeiten und kamen spät nach Hause.

Oft habe ich an diesem Tag Arbeiten von meinen Eltern aufgebrummt bekommen. Ich musste Holz hacken, damit wir morgens früh den Ofen schnell anheizen konnten. Dafür brachte Papa kleine Bretter von der Baustelle mit, die ich leicht hacken konnte, damit das Feuer schneller brannte.

Dann gab mir Papa nicht nur seine, sondern auch alle anderen Schuhe, die ich zu putzen hatte. Die nahm ich immer mit und ging in unsere Gasse neben dem Haus, Richtung Hof. Bewaffnet mit Bürsten, Lappen und Schuhputzcreme, setzte mich auf die Treppe und säuberte, putzte und wienerte die Schuhe, bis sie blank waren.

Die Schuhe von Mama und Oma waren einfach zu putzen, aber Papas waren viel zu groß für meine kleinen Hände. Er hatte riesige Schuhe, Größe 52, halbe Elbkähne. Es dauerte, bis ich mit allen fertig war. Anschließend begann der Badetag im Keller. Genauer gesagt, in der Waschküche. Hier haben alle Familien des Hauses ihre Wäsche gewaschen und anschließend zum Trocknen aufgehängt. Extra dafür war da ein großer Waschbottich, den man von unten beheizen konnte. Genauso wie in der Küche beim Herd. Einfach beheizen mit Holz oder auch mit Kohle.

Die Wäsche im Wasser wurde so erhitzt und anschließend konnte Mama, die dann auf dem Waschbrett sauber rubbeln. Daneben gab es noch ein Becken ca. 1,50 Meter lang, 0,5 Meter breit und so tief, dass ich als 5-jähriger gut darin stehen konnte. Dort wurde die Wäsche gespült.

Das heiße Wasser von der Wäsche konnten wir einfach ablaufen lassen, aber, sparsam wie meine Mama war, füllte sie mit diesem Wasser das große Becken.

Es war heißes Wasser, zu schade es einfach abfließen zu lassen. Darin badeten meine Mama und anschließend ich. So wurde damals gespart!

Dabei gab es allerdings ein Riesenproblem. Um das Waschwasser in das Becken um zu füllen, nahm Mama einen Wasserschlauch, steckte das eine Ende in das heiße Wasser im Bottich und das andere Ende in das Becken. Um aber das Wasser vom Bottich in das Becken abfließen zu lassen, musste sie an einem Ende das Wasser ansaugen.

Spürte sie dann das Wasser an ihrem Mund, musste der Schlauch ganz fix ins Becken und das heiße Wasser lief hinein. Meistens schimpfte sie dabei, denn beim Ansaugen verbrannte sie sich oft.

Wenn sie dabei mal geflucht hat, bekreuzigte sie sich sofort und bat um Entschuldigung. Ich musste immer lachen, das verstand ich einfach nicht.

Dann schimpfte sie auch noch mit mir. Ich wusste, dass sie es nicht böse meinte. Nach einiger Zeit wiederholte sie den Vorgang, aber vorher musste das frische Wasser wieder heiß werden. Sie stieg dann als erste in das große Becken und badete darin.

Von Zeit zu Zeit sollte ich ihr aus dem Bottich heißes Wasser mit einem Eimer nachgießen, denn das Wasser wurde in dem großen Becken schnell kalt. Wenn sie mit baden fertig war, durfte ich auch hineinklettern und in Mamas warmen Wasser baden. Für mich war das einfach großartig.

Wenn Papa dann abends von der Arbeit heimkam, saßen wir zwei, meistens frisch gebadet, in der Küche und warteten sehnsüchtig auf ihn.

Kohlenklau
auf der Zechenbahn

Es war schon kriminell, was wir damals machten! Aber in einer Situation wie dieser, hatten die meisten Menschen keine andere Möglichkeit, als Kohlen zu klauen.

Einige Zeit nach Kriegsende, als der Sommer zu Ende ging, und der Herbst begann, überlegten meine Eltern wie sie für den kalten Winter vorsorgen konnten. Es war fast unmöglich an Kohle zu kommen. Der bevorstehende Winter sollte wieder so kalt werden wie der Winter 1944-45.

Wer keine Kohlen hatte, konnte mit Holz heizen, wenn vorhanden, oder frieren und sich in dicke Decken wickeln. Kerzen waren meistens vorhanden, aber Kerzen wärmen nicht. Kohle brannte länger und damit zu heizen, brachte eine wohlige Wärme in die Wohnung.

Uns fehlte dazu aber das nötige Klein- geld, um einen größeren Kohlevorrat anzuschaffen. Es reichte gerade für zwei Zentner Kohle. Die bekamen wir auch nur, weil Papas guter Freund auf der Dortmunder Straße einen Kohlehandel betrieb.

Für den lagen, kalten Winter reichten die zwei Zentner leider nicht. So muss- ten wir zwischendurch unseren Herd in der Küche manchmal mit Holz weiter heizen.

Glücklicherweise brachte Papa abends, wenn er heimkam, in seiner Tasche immer einige Holzstücke mit, die er von der Baustelle als Abfallholz mitnehmen konnte.

Ob das erlaubt war, wusste ich nicht. Es half uns aber in dieser Zeit. Mit unseren Nachbarn kamen wir auf die Idee, früh morgens, noch in der Dunkelheit auf Kohlenklau zu gehen. Nicht weit weg war die Zeche „General Blumenthal".

In der Nähe des Zechengeländes an der Herner Straße gab es ein kleines Sumpfgebiet, mit einem winzig kleinen See, am Hellbach hinter der Kläranlage. Im Volksmund wurde es „Schloss Püppi" genannt. Einige Nachbarn legten sich bei „Schloss Püppi" auf die Lauer, um Bescheid zu geben, wenn ein, mit Kohlen beladener Güterzug, das Zechengelände verließ.

Es gab auch das Gerücht, dass einige Bergleute, die unter Tage die Kohle abbauten, ihren Familien Bescheid sagten, wenn der nächste Kohletransport das Zechengelände verlässt.

35

Von unserer Wohnung war es nicht all-zu weit, an Sanders Wiese und an San-ders Bauernhof vorbei, einfach durch  Sieben Quellen, ent-lang der Bahngleise, und über den Bahn-übergang auf die Hubertusstraße.

Etwa 50 Meter auf der linken Seite lag die Kläranlage. Da-hinter war das rie-sige Zechengelände mit der Zechen-bahn.

Die Zeche General Blumenthal hatte auf dem Gelände extra einen Rangierbahn-hof, auf dem die Güterzüge beladen wurden.

Wir mussten natürlich aufpassen wie ein Luchs, denn „Kohlenklau" war ver-boten. Es gab auch zu dieser Zeit immer wieder Leute, die uns natürlich verpfei-fen wollten.

Das gesamte Zechengelände war für uns tabu. Sogar Wachpersonal war vor Ort. Aber der Krieg war vorbei, jeder saß in der gleichen Zwickmühle und brauchte Kohlen. Da schaute das Wachpersonal auch schon mal weg.

Wir wussten, dass die Kohle-Transporte sehr früh morgens abfuhren. Wir machten uns also noch in der Dunkelheit auf den Weg, beladen mit Säcken, Taschen, Bollerwagen und Eimern, um die gerade aus der Zeche General Blumenthal geförderte Kohle zu „organisieren".

Hierbei schnell Güterder zwar sam,  mussten wir sein, denn die wagen mit Kohle fuhren ganz langsam, Schritttempo. Aber wir mussten erstmal auf den Waggon klettern, die Kohle mit bloßen Händen herunterwerfen, damit die anderen die Kohle aufsammeln und in die mitgebrachten Eimer, Taschen usw. füllen konnten. In der Dunkelheit war das gar nicht so einfach, unsere Taschenlampen durften wir nicht anmachen. Lampenschein beim „Kohlenklau" - das wäre unser Verhängnis gewesen.

Manchmal hatten wir allerdings Glück, wenn der Güterzug für einige Minuten stehen blieb, dann mussten wir schnell rauf und runter klettern, denn der Zug konnte jeden Moment wieder anfahren.

Das war lebensgefährlich, aber wir brauchten ja die Kohle. Als Kinder haben wir die große Gefahr nicht gesehen!

Unfälle sind aber doch passiert. Einige sind schon mal mit Verstauchungen oder lädierten Knochen nach Hause gekommen.

Manchmal hörten wir auch lautes Hundegekläffe. Da waren wir dann besonders vorsichtig, denn von den Wächtern mit ihren Hunden wollten wir uns auf gar keinen Fall erwischen lassen.

Für uns Kinder war der „Kohlenklau" ein Abenteuer. Mit den voll beladenen Bollerwagen, Eimern usw. kamen wir irgendwann völlig schmutzig und müde zu Hause an.

Der größte Teil der Kohle kam in unseren Keller. Zwar kamen wir mit dieser Kohle nicht weit, aber mit den zwei Zentnern vom Kohlenhändler Fimpeler, an der Dortmunder Straße, reichte es und wir kamen durch den Winter.

Im Herbst der folgenden Jahre belieferte er uns mit einem großen LKW.

Die bestellte Kohle kam in dicken Zentnersäcken. Die Säcke ließen sie uns aber nicht da, sondern schütteten die Kohle einfach vor unserer Haustür auf den Bürgersteig.

Danach hatten meine Mutter und ich die Aufgabe, die Kohlen in den Keller zu schleppen. Mit Eimern und Säcken war das eine schwere Arbeit.

Als ich ungefähr 8 oder 9 Jahre alt war, bekam ich von meinem Onkel Heini, einem Bruder meiner Mutter, eine alte Lederjacke geschenkt.

Von da an schöppte ich die Kohlen in Säcke, schnappte mir den Sack, warf ihn auf meine Schulter und trug ihn in den Kohlenkeller. Die Lauferei, Eimer für Eimer, hatte damit ein Ende.

Nachdem die gesamte Kohle im Keller war, durfte ich dann den Bürgersteig vom Kohlenstaub reinigen. Dafür brauchte ich mehrere Eimer Wasser.

Jeden Abend ging`s in den Keller und ich holte eine Kohlentröte mit Kohle, nahm auch das von mir vorher kleingehackte Holz mit, und trug es nach oben in die Küche.

Früh morgens, vor der Schule, wurde Feuer im Küchenherd gemacht. Meistens musste ich das machen, ich konnte es besonders gut und schnell.

Erst die restliche Asche herausnehmen, klein geknüllte Zeitungen in den Ofen stecken, darüber einige Holzscheite und anzünden.

Sobald die ersten Holzscheite brannten, nahm ich die Kohlentröte und schüttete auf das brennende Holz vorsichtig etwas Kohle. Nach kurzer Zeit war die Küche warm.

Die Küchentür ließen wir dann offen, damit es auch im Schlafzimmer warm wurde. Das Schlafzimmer konnte man nicht heizen, es gab nur einen Ofen in der Küche. Es war die einzige Möglichkeit, auch das Schlafzimmer etwas warm werden zu lassen.

Eine Straßenbahnfahrt
in die Nachbarstadt Datteln

Wie kommt ein 5-jähriger Knirps auf so eine Idee? Ganz einfach, er will seine Tante in Datteln besuchen. Schon viele Male war er mit Mama da, und liebte seine Tante sehr.

Sie war eine Schwägerin von Mamas Bruder Hugo, der in Suderwich wohnte. Die Tante machte immer viel Blödsinn und das gefiel dem Knirps.

Über diese Geschichte muss ich heute noch lachen. Gerade einmal 5 Jahre alt und von Heimweh keine Spur. Das war ein Fremdwort für viele Jahre.

Um in die Nachbarstadt Datteln zu kommen, musste man, nach dem 2. Weltkrieg, entweder laufen, mit dem Fahrrad fahren, oder die Straßenbahn nehmen.
Aber wer hatte schon so kurz nach Kriegsende ein Fahrrad?

Und ein Fahrrad für einen 5-jährigen Jungen schon gar nicht. So blieb einem cleveren Kerlchen nichts anderes übrig, als sich in die Bahn zu setzen und nach Datteln zu fahren.

Diese kleine Geschichte wurde mir von meinen Eltern erzählt. Sie war wohl etwas „Besonderes", denn in der Verwandtschaft kannte jeder diese Story. Ich selbst habe keine Erinnerung daran.

Für den kleinen Knirps war es anscheinend kein Problem seine Tante zu besuchen.

Die beiden sind nämlich immer mit der Linie 2 von der Haltestelle „Schlegel-Brauerei"  losgefahren. Damals musste man noch auf die Schaffnerin oder den Schaffner warten, die durch die Reihen gingen, um jedem Fahrgast einen Fahrschein zu verkaufen.

Sie hatten vor den Bauch eine kleine Tasche geschnallt, eine Art Wechselstube für das Geld. Diese „Wechselstube" bestand aus einem Kasten mit mehreren kleinen Röhren und entsprechenden Tasten an jeder Röhre. So brauchten sie nur auf die Tasten drücken und das Wechselgeld fiel heraus. Für mich eine faszinierende Erfindung.

Die Haltestelle „Schlegel-Brauerei" befand sich direkt um die Ecke auf der Dortmunder Straße. Die Straßen waren leer, selten fuhr mal ein Auto, manchmal ein Pferdefuhrwerk mit einem Pferd. Wenn aber die von zwei Pferden gezogenen Wagen der „Schlegel-Brauerei", vollgeladenen mit Bierfässern, vorbeifuhren, wurde es laut.

Die mit Eisen beschlagenen Pferdehufe waren auf dem Kopfsteinpflaster laut zu hören. Da war Vorsicht geboten. Man musste schon sehr aufpassen, die Pferde waren nicht leicht zu zügeln, vor allen Dingen mit dem schweren Wagen.

Für mich war es immer schön anzusehen, wenn die Brauereipferde, extra geschmückt, den schweren Wagen zogen. Das waren so richtig bullige Pferde, sehr kraftvoll. Brauereipferde eben!

Für den kleinen Jungen war es nicht schwer die Haltestelle zu finden. Er hatte auf dem Hof, hinter dem Haus, gespielt und sich heimlich aus dem Tor geschlichen. Er brauchte nur um die Ecke und schon war er an der Haltestelle „Schlegel-Brauerei".

Die Straßenbahnen waren von außen gut einzusehen und die Linie 2 hatte auf dieser Strecke meistens nur einen Wagen. Interessant war, der Wagen konnte vorwärts-, aber auch rückwärtsfahren.

Dazu musste der Straßenbahnfahrer durch den ganzen Wagen gehen, denn vorne und am Ende war das sogenannte Führerhaus. Da gab es große Kurbeln und eine riesige Handbremse, die er dann bediente.

Für die Straßenbahnen gab es über den Schienenanlagen, in einer bestimmten Höhe, Oberleitungen, von denen sie ihren Strom bekamen. Darum war auf jedem Wagendach ein Bügel, der den elektrischen Kontakt herstellte und den man absenken konnte, wenn man keinen Kontakt mit der Oberleitung benötigte.

Es sah abenteuerlich aus. Rechts und links außerhalb des Führerhauses war eine Leine angebracht. Diese Leine konnten die Schaffner mit der Hand erreichen, um nach Aufforderung des Fahrers so den Bügel für den Strom herunterzuziehen, wenn der Kontakt unterbrochen werden sollte.

Es befand sich noch eine zweite Leine innerhalb der Bahn. Wenn die Straßenbahn anfahren sollte, zogen die Schaffner daran. Das war auch das Zeichen, dass sich jeder festzuhalten hatte. Die Technik mit den Leinen funktionierte prima.

Wie der kleine Knirps, also ich, es schaffte heimlich in die Bahn zu kommen, wusste niemand so genau, nur dass er bis Datteln und zurückgekommen war.

Auf dieser Linie 2 gab es damals eine Schaffnerin, die den kleinen Knirps, also mich, seit längerer Zeit kannte. Sie bemerkte ihn aber erst, als die Bahn schon eine Weile unterwegs war. Sie erzählte später meinen Eltern, dass ihr nichts anderes übrigblieb, ihn bis zur Endstation mitzunehmen, ihn aber nicht aussteigen zu lassen.

Sie hatte den Kleinen schon oft beobachtet, wenn sie vom Dienst kam und ihn vor dem Haus Castroper Straße 3, oder direkt vor dem Straßenbahn-Depot spielen sah.

Dort gab es eine kleine Wiese mit einer Hecke, mittendrin eine riesige Standuhr, und die Straßenbahnen fuhren rechts und links an ihr vorbei.

Wichtig für die Schaffnerin war, den „Schwarzfahrer" wieder gesund und unverletzt zu Hause abzugeben.

Auf dem Rückweg von Datteln, blieb die Straßenbahn an der Haltestelle „Schlegel-Brauerei" kurz stehen und wartete, bis sie den Kleinen über die Straße und zu seinen Eltern zurückbrachte.

Natürlich fiel meine Mutter aus allen Wolken, als sie die Geschichte der Schaffnerin hörte. Sie wollte gar nicht glauben, dass der Knirps die Fahrt nach Datteln und zurück eigenmächtig gemacht hatte und wunderte sich darüber, dass er sich gemerkt hat, wo Tante Lisbeth wohnt.

Vermisst hatte sie ihn nicht, sie dachte, er wäre im Nachbarhaus bei seiner Oma.

Erntezeit - Einkellerungszeit

Heute, im 21. Jahrhundert kann man sich nicht mehr vorstellen, wie es in meiner Kindheit vor ca. 70 Jahren aussah. Es waren die zehn traurigsten und ärmsten Jahre von 1945 bis 1955. Der 2. Weltkrieg war vorbei und das normale Leben hielt erst langsam Einzug.

Was wir in dieser, für alle Menschen, so schrecklichen Zeit erlebten, ist heute von jungen Leuten nicht nachvollziehbar. Wenn im Spätsommer die Erntezeit begann, wurden neben den Getreidefeldern auch die großen Kartoffelfelder abgeerntet.

Für`s Ernten hatte mancher Bauer schon eine vollautomatische Kartoffel-Erntemaschine. Wo diese neuen Maschinen, kurz nach dem Krieg herkamen, war vielen ein Rätsel. Mit den Maschinen fuhren sie durch die Reihen der Kartoffelfelder, lösten die Kartoffeln aus der Erde und verbrachten sie, ohne einen Handschlag zu tun, mithilfe eines Förderbandes auf den Anhänger.

Wir beobachteten den Bauern oft dabei, warteten allerdings immer, bis er das Feld abgeerntet hatte.

Wenn er das Feld verließ, gingen wir mit Körben und Eimern auf das Feld, suchten die Reihen nach dort verbliebenen Kartoffeln ab. „Kartoffeln stoppeln" sagten wir dazu.

Erlaubt war das nicht, und zum „Stoppeln" gab es keine Genehmigung, aber der Bauer hatte nicht immer und überall ein Auge auf seine Kartoffelfelder. Erwischen lassen durften wir uns nicht, manchmal musste man verdammt schnell laufen können!

Viel Zeit für die Ernte hatte er nicht, sie musste eingefahren werden, und oft fehlten dem Bauern auch die Arbeiter, deshalb war das „Stoppeln" für ihn weder lukrativ noch sinnvoll. Dafür fehlte einfach die Zeit.

Die Erntemaschinen waren zwar gut eingestellt, aber nicht fehlerfrei. So lagen in den Reihen immer einige Kartoffeln, die die Maschinen nicht erfassten.

Diese sammelten wir ein und machten unsere Körbe und Eimer so voll wie wir konnten. Manchmal waren die so schwer, dass wir sie fast nicht tragen konnten.

Auf welch irre Ideen die Menschen in der Nachkriegszeit kamen, um einigermaßen über die Runden zu kommen, war schon erstaunlich. Die Kartoffel war damals eins der wichtigsten Grundnahrungsmittel. Sie machte satt.

Durch das „Stoppeln" sparten viele Familien Geld, das sie dann für andere Nahrungsmittel ausgeben konnten.

Als ich 1952 in die 6. Klasse der Liebfrauenschule kam, hatten wir Herrn
Uhlenbrock als Klassenlehrer. Er kam
aus Suderwich, seine Schwester hatte
einen Bauernhof hinter dem Loh in Ost.
Zur Kartoffelerntezeit suchte er für die
Kartoffelnachlese auf den Feldern seiner Schwester, immer Freiwillige, die
dort die restlichen Kartoffeln einsam-
meln sollten.

Die wenigsten Bauern machten diese
Nachlese, doch seine Schwester schon.
Wir Jungens rissen uns um den Job,
denn wir bekamen ein paar Groschen

für die Arbeit. Nach einiger Zeit kam die Bäuerin mit ihrem Pferdewagen und holte die gesammelten Kartoffeln ab. Dabei brachte sie uns immer etwas zu Trinken und selbstgemachte Stullen mit, und das war das Wichtigste am „Stoppeln"!

Wir freuten uns riesig darauf, denn die Stullen waren reichlich mit Wurst und Schinken belegt. Für uns war das vom Feinsten, denn jeder Bauer schlachtete selbst, darum schmeckten die Stullen besonders gut. In der schlechten Nachkriegszeit war das ein ganz besonderer Leckerbissen.

Von den eingesammelten Kartoffeln durften wir mit Erlaubnis des Bauern, einige mit nach Hause nehmen. Die wurden dann unten im Keller in die dafür gebaute Kartoffelkiste geschüttet. Je mehr wir mitnehmen durften, desto weniger Kartoffeln mussten unsere Eltern zum Einkellern kaufen. Das Einkellern war bei uns so eine Sache für sich.

Meine Eltern hatten den kleinsten Keller, direkt unter der Kellertreppe. Es war eigentlich mehr ein Verschlag. So ca. 1,20 Meter breit und vielleicht 3 Meter lang. Schräg nach hinten abfallend, ganz rechts unter der Treppe. In diesem Verschlag stand die von meinem Vater gebaute Kartoffelkiste.

Sogar ich kam fast nur auf Knien rutschend an die Kiste heran. Daneben war kaum noch Platz für die Kohlen, die dort auch noch lagern mussten.

Ein dicker Hauklotz stand auch dort. Mein Vater brachte jeden Tag Holzbrettchen von seiner Baustelle mit. Ich musste diese dann mit dem Beil in schmale Stücke hacken zum Feueranzünden.

An der einen Wand stand ein schmales Holzregal, auf das meine Mutter ihr Eingemachtes stellte. Damals wurde viel eingekocht, Gemüse, Obst und manchmal auch Wurst.

Einen Kühlschrank hatten wir nicht und eine Gefriertruhe gab es noch nicht. Um das Eingekochte gut durch die Zeit zu bringen, wurden die Gläser im kühlen Keller gelagert.

Da ich noch ein kleiner Junge war, konnte ich mich in unserem niedrigen, schmalen Keller gut bewegen. Lachen musste ich, wenn ich Besuch beim Holzhacken bekam. Mein Vater schaute herein, nicht bedenkend, wie niedrig es da ist und dabei hat er sich manchmal eine Beule an der Stirn geholt.

Meine Eltern bestellten jedes Jahr beim Kartoffelhändler Pastors einige Zentner Kartoffeln zum Einkellern. Die passten aber auch gerade so in die Kartoffelkiste, und reichten dann über den ganzen Winter, manchmal sogar bis zum Sommeranfang. Die Kartoffeln, die wir außerdem noch brauchten, konnten wir kiloweise bei Pastors kaufen, bis wir wieder auf die Felder konnten zum „Stoppeln".

Barfuß
durch den Schnee

Damals, das heißt in den Nachkriegsjahren zwischen 1945 und 1950, hatten wir noch richtig eiskalte und sehr harte Winter. Die Castroper Straße vor unserem Haus Nr. 3 war mit Schnee und Eis bedeckt. Alles war weiß, die Gärten, die Bürgersteige, überall lag Schnee. War das schön!

Auf „unserer" Castroper Straße machten wir Kinder auf dem Eis eine Schlinderbahn nach der anderen. Probleme gab es eigentlich keine, die Straße war fest in „unserer Hand". Wer die längste Schlinderbahn hatte, war der King, das war ungeschriebenes Gesetz.

So konnten wir die ganze Straße hinunter bis fast nach Kartoffel-Pastors schlindern. Es war fantastisch, direkt von der einen Schlinderbahn auf die nächste zu springen, unterbrochen von kurzen Schritten.

Allerdings konnten wir nur eine der Straßenseiten für unsere Schlinderbahnen benutzten, nämlich die, auf der keine Schienen verliefen.

Auf der Schienenseite haben die Mitarbeiter der „VESTISCHEN" Salz gestreut und dafür gesorgt, dass die Eisenschienen nicht einfroren. Das wäre ja fatal, wenn die Straßenbahnen, durch das Eis in den Schienen, aus den Gleisen springen würden.

Da während dieser Zeit kaum Autos fuhren, den Pferdekutschen das Eis und der Schnee scheinbar nichts ausmachte, blieb die Straße für uns. Die Castroper Straße fiel in Richtung Suderwich bis Kartoffel-Pastors deutlich ab, super für`s Schlindern.

War die Schlinder-Tour vorbei, machten wir uns auf dem Bürgersteig wieder auf den Heimweg. Dabei mussten wir durch knietiefen Pulverschnee kraxeln, das war gar nicht so leicht.

Von den Eltern wussten wir, dass die Bewohner von Parterrewohnungen, dafür zu sorgen hatten, dass ein Weg für die Fußgänger freigeschaufelt wurde. Das war nicht so leicht und für einige mühsam. So streuten viele Leute einfach Asche auf den Gehweg.

Manchmal war der Schnee auch schon zu Eis gefroren, deshalb wurde die Asche auf dem Eis-Schnee verstreut. Das war einfacher als Freischaufeln.

Asche war genug vorhanden. Es gab noch keine Heizungen. Jede Wohnung hatte mindestens einen Kohleofen, der für das Beheizen der ganzen Wohnung ausreichte. Dadurch fiel genug Asche an, die man auf diese Weise schnell loswurde.

Ansonsten hatten wir hinter dem Haus auf dem Hof für jede Familie eine Aschentonne aus Metall. Wenn man zurück in die Wohnung wollte, musste man erst die Schuhe säubern, denn die waren von dem Aschedreck ganz schön schmutzig.

Damals schneite es sehr viel in jedem Winter, der Schnee blieb wegen der Kälte auch lange liegen, manchmal sogar kniehoch.

Wir wohnten zu ebener Erde, und mussten unsere Haustür von innen mit Lappen und Decken abdichten, damit das Schneewasser, wenn es taute, nicht in den Hausflur lief.

Nach der Schule, wenn ich mit den Schularbeiten fertig war, blieb ich den ganzen Nachmittag draußen. Damit ich im Winter, draußen in der frischen Luft, keine Erkältung bekam, musste ich auf Anordnung der Eltern, nach dem Abendbrot erst noch mal mit nackten Füßen durch den eiskalten, weißen Schnee laufen, bis meine Füße richtig schön krebsrot waren. Dann ging es ab in die Küche, vor den Ofen zum Wärmen.

Heizungen, wie heute gab es damals nicht, in allen Wohnungen standen nur Kohleöfen, die Küchenherde hatten sogar einen Backofen.

Da wurde ein Stuhl vor den Herd gestellt, die Backofentür geöffnet, eine Decke auf die Backofen-Klappe gelegt, damit meine nackten Füße nicht verbrannten.

Die mussten so nah wie möglich an den offenen Backofen, damit sie wieder warm wurden. Wenn die Wärme dann nach und nach in die Füße zog, fingen sie an zu kribbeln.

Das war das Zeichen für Mama, jetzt wird alles gut, und es geht ab ins Bett. Und damit ich nicht in dem kalten Bett im kalten Schlafzimmer erfror, hatte die Mutter vorher Ziegelsteine in den Backofen gelegt. Diese wurden in Handtücher gewickelt und unten ins Bett gelegt. Eine wohlige Wärme ließ mich schnell einschlafen.

Selten habe ich mir eine Erkältung ein-
gefangen. Am nächsten Morgen wurde
ich, wie immer, früh geweckt, schaute
aus dem Fenster, sah den neuen Schnee
und der Tag begann so wie jeder andere
damals.

Herbst-Zeit – Windvogel-Zeit

Schon früh im Sommer fieberten wir Kinder dem Herbst entgegen. Nicht weil uns das Wetter so gut gefiel, nein, „Herbst-Zeit" war auch „Windvogel-Zeit".

Endlich konnten wir unseren Windvogel vom letzten Jahr aus der Kiste kramen. Dafür wurde alles zusammengesucht, was man zum „Windvogelsteigenlassen" so brauchte.

Die Überprüfung war das Wichtigste. Hat er die letzten 12 Monate überlebt, oder hat er „Rost" angesetzt? Die Schnur musste überprüft werden, Knoten dürfen keine darin sein, sonst können wir ja keine Briefchen schicken.

Hört sich irgendwie blöd an, doch das war aber mit das Wichtigste beim „Windvogelsteigenlassen". Auch der Windvogel-Schwanz wurde genau untersucht.

Er durfte nur eine bestimmte Länge haben, nicht zu leicht, aber auch nicht zu schwer sein.

Für uns Kinder war es nicht einfach, das sofort genau zu bestimmen. Kleine Gras- oder Papierbüschel wurden in den Schwanz gebunden. War er zu schwer, hatten wir Probleme mit dem Aufsteigen.

War er dagegen zu leicht, stieg er zwar schnell auf, doch je nach Wind und Gewicht flatterte er, oder überschlug sich. Da konnte man ihn nicht zum „Stehen" bringen und er sackte ab, oder fiel im Sturzflug auf den Acker.

Oft war er vom letzten Jahr noch stark beschädigt und wir haben es beim Einpacken nicht bemerkt.

Dann konnten wir wieder einen neuen Windvogel bauen. Eigentlich wollten wir das nicht, und gingen vorsichtig damit um. Klappte aber nicht immer!

Jedes Jahr wurde zu einer neuen Herausforderung. Andere Windverhältnisse, andere Wiesen oder Stoppelfelder, alles sollte passen. Also raus nach draußen und los ging es.

Ich legte meinen Windvogel mit dem Rücken auf die Wiese, platzierte den Schwanz so, dass er sich beim Anlaufen nicht verheddern konnte, wickelte dann ein Stück Schnur ab, prüfte, woher der Wind kam, zog die Schnur langsam straff und schrie: „Auf geht´s"!

Dann rannte ich so schnell ich konnte gegen die Windrichtung und zog den Windvogel hinter mir her.

Bei den meisten Anlaufversuchen klappte das auch ganz gut, und durch das plötzliche Anziehen stieg der Windvogel auf. Nach anfänglichem Wackeln, oben in der Luft, hat er sich gefangen und je schneller ich lief und gleichzeitig mehr Schnur gab, desto höher und höher stieg der Windvogel.

Hatte er dann endlich eine sichere Höhe erreicht, und der Wind war stark genug, konnte ich stehen bleiben, jetzt stand er da oben. Der Wind tat das Übrige.

Beobachten musste man ihn immer, und wollte er absacken, heißt an Höhe verlieren, musste ich nur an der Schnur ziehen und durch den Gegenwind erreichte er wieder seine Höhe. Nach und nach gab ich immer mehr Schnur, er stieg höher und höher. Es war für mich ein Erfolgserlebnis und dann konnte ich mich hinsetzen und zuschauen.

Bei meinem Freund Jupp sah es einmal leider anders aus. Da hatte er wohl letztes Jahr seinen Windvogel nicht sorgfältig verpackt, denn der wollte und wollte nicht aufsteigen. Einige Male versuchte er es, flatterte hin und her, machte einen Bogen und schon stürzte er mit der Spitze zuerst auf den Boden.

Da wir ja „erfahren" waren im „Windvogelsteigenlassen", wussten wir auch sofort was da los war. Der Schwanz war einfach zu leicht, sollte heißen, wir mussten am Schwanz mehr Gewicht anbringen.

Während mein Windvogel da oben ruhig stand, nahmen wir noch etwas Papier, drehten es zusammen und befestigten es dann am Schwanz und der nächste Versuch wurde gestartet.

Aber es reichte immer noch nicht. Also nochmal ein Papier mehr drangehängt und wieder ein neuer Versuch. Es wollte aber auch dieses Mal nicht richtig klappen, er machte wieder einen großen Bogen und schlug mit der Spitze auf den Boden. Es krachte gewaltig. Wir ahnten Schlimmes.

Als wir ihn dann hochnahmen, sahen wir, er war gebrochen. Mist, hörte ich meinen Freund Jupp nur sagen. Ab nach Hause und erst einmal den Windvogel reparieren. Ich überlegte noch, ob ich meinen oben stehen lassen sollte.

Genau in dem Augenblick kam vom Feld nebenan ein Junge zu uns, der sich um meinen Windvogel kümmern wollte. Ich war überrascht, den Jungen kannte ich nicht.

Ich entschied mich dann, den Windvogel nicht oben stehen zu lassen, sondern ihn herunterzuholen und mitzunehmen. Im letzten Jahr ist mal einem Jungen der Windvogel geklaut worden.

Es war nicht weit von Sanders Wiese bis nach Hause, so ca. 250 Meter. Wir gingen in Jupps Keller, dort war in einem Regal alles gelagert, was wir für die Reparatur brauchten.

Von meinem Onkel bekam ich immer farbiges Pergamentpapier, das er aus der Druckerei mitbrachte, um den Windvogel zu bespannen, das holte ich.

Die Leisten für das Kreuz waren Reste, die vom letzten Tapezieren übrig waren. Das waren ca. 1 cm breite Holzleisten, die wir zum Kreuz zusammenleimten oder banden. Darüber spannten wir dann vorsichtig das Pergamentpapier und schon war der Windvogel fertig.

Für den Schwanz nahmen wir uns noch einige Papierreste und einige kleine Bänder mit, um ihn zu stabilisieren.

Auf Sanders Wiese trafen sich alle Kinder mit Windvögeln. Die Wiese war riesig und groß genug für alle. Wir mussten auf die dort weidenden Kühe achten, aber wer mehr Angst voreinander hatte, wussten wir nicht. Passiert ist dort allerdings nie etwas!

Mit Jupps Windvogel klappte es jetzt auf Anhieb. Nach einiger Zeit standen dann beide Windvögel schön hoch oben am Himmel. Unsere beiden standen wie gewollt am höchsten. Wir haben uns dafür extra beim Sattler in der Stadt, eine 100 m lange Schnur besorgt, die extrem leicht war.

Wir hatten Spaß mit unseren Windvögeln, sahen die Mühe der anderen, ihre Windvögel höher steigen zu lassen, aber sie hatten eben nicht die Schnurlänge wie wir.

Jetzt warteten wir darauf, dass der Wind zunahm. In der Zwischenzeit bereiteten wir schon unsere „Briefchen" vor, die wir hoch zum Windvogel schicken wollten.

Ein „Briefchen" zu schicken war ganz einfach. In kleine Zettel wurde ein Loch in der Mitte gemacht. Durch das Loch musste die Schnur.

Den Rest besorgten der Wind und unsere Schüttelbewegung. Nach und nach wurde unser Zettel, Briefchen genannt, vom Wind an der Schnur nach oben geblasen, bis er den Windvogel erreichte.

Das war ein Heidenspaß und wer die meisten „Briefchen" schickte, hatte natürlich gewonnen. Mit Spielen dieser Art verbrachten wir unsere Kindheit.

Ähren
auf abgeernteten Feldern sammeln

In meinem Stadtteil „Recklinghausen-Ost" gab es viele Getreidefelder, auf denen Roggen wuchs. „Ost" war ein Stadtteil, der größtenteils aus Landwirtschaft bestand. Manchmal hatten die Bauern des Ortsteils „Hillen", das auch zu „Ost" gehörte, auf ihren Feldern außer Roggen, noch Hafer, Gerste und Weizen angebaut.

Nach Kriegsende waren die Bauern glücklich, endlich wieder ihre Felder zu bestellen. Es wurde verbreitet Roggen angebaut, denn daraus machten unsere Bäcker das Brot. Brot aus Gerste oder Hafer gab es nicht, aus Weizenmehl vielleicht. Die unendlichen Roggenfelder waren für uns Kinder auch ideale Verstecke. Wir durften uns nur nicht vom Bauern erwischen lassen, wenn wir in die Roggenfelder liefen.

Wir hatten auch eine Quelle in Ost, die in der Nähe des „Gleisdreiecks" entsprang. Um zu dieser Quelle zu gelangen, mussten wir um das gesamte Roggenfeld herumlaufen. Das war uns meistens zu weit, deshalb machten wir es uns einfacher, und liefen direkt auf geradem Weg mitten durch das Roggenfeld, in der Hoffnung, dass nicht am anderen Ende der Bauer stand und schimpfend auf uns wartete.

Eine Heidenangst hatten wir immer, und machten uns fast in die Hose. Aber das hielt uns nicht davon ab und so probierten wir es immer wieder. Glück gehabt, nie erwischt worden!

Diese besagte „Quelle" war ein kleines Rinnsal, das aus mehreren Quellen bestand. Genauer gesagt, waren es sieben Quellen.

Dieses Rinnsal wurde im weiteren Verlauf ein kleines Bächlein und führte zu einem Ortsteil von Ost, dem es seinen Namen gab, „Sieben Quellen."

Gerade in diesem Bächlein spielten wir im Sommer sehr gerne, wir konnten gut darin stehen, es war nicht tief. Das Quellwasser war glasklar und sauber. Wir tranken sogar das Wasser, bauten uns kleine Stauwehre mit Hilfe von gesammelten Zweigen und Ästen.

In diesem gestauten Quellwasser konnten wir herrlich baden und planschen. Für uns war es eine super Erfrischung in der Hitze.

Bevor dieses Quell-Wasser den Ortsteil „Sieben Quellen" erreichte, nutzte ein Bauer das frische Wasser für eine kleine

Nerzfarm. Wir dachten, das wäre eine Biberfarm. Von den Eltern hörten wir, dass es eine Nerzfarm ist. Das konnten wir uns nicht vorstellen, gab es Nerze nicht nur in Russland?

Das konnte einfach keine Nerzfarm sein! Die Biberfarm war rundherum mit Stacheldraht gesichert, denn da kamen wir Kinder nicht rein. Wären wir gerne, aber leider hatten wir keine Chance.

Wir mussten bis Mitte August warten, dann war der Roggen reif und konnte geerntet werden. Für die Ernte hatten die Bauern schon Maschinen, die vollautomatisch den Roggen schnitten.

Der Roggen hatte eine Höhe von vielleicht 1,5 m und wurde dann mit der Maschine geschnitten. Wie die Ähren getrennt wurden, weiß ich gar nicht mehr.

Das restliche Stroh wurde automatisch gebündelt und einfach auf dem Feld zurückgelassen. Diese Strohbündel sollten wohl von der Sonne trocknen, bis die Bauern sie später abholten.

Nachdem der Roggen kurz über dem Boden geschnitten war, blieben die sogenannten „Stoppelfelder" übrig.

Jetzt war die Zeit gekommen, auf die wir gewartet haben, wir konnten mit der Nachlese beginnen. Mit Taschen, Körben oder Eimern beladen, liefen wir über die Stoppelfelder und sammelten die liegengebliebenen Ähren auf, um sie dann nach Hause zu bringen. Das war mühselig und der Rücken schmerzte ganz schön.

In unserm Schlafzimmer stand eine große Kiste aus Korbgeflecht, darin wurden die Ähren gesammelt, bis der große Augenblick kam. Er fand bei uns in der „Gasse" statt.

Die „Gasse" trennte die beiden Häuser Castroper Straße 3 und 5. Es musste genau in dieser Gasse passieren, denn hier wehte immer ein kleiner Wind und den brauchte man dazu.

Wir breiteten eine große Plane auf dem Boden aus, schütteten die Ähren darauf und schlugen die Hälfte der Plane wieder über die Ähren. Der Bauer hatte für diese Arbeit Dreschflegel, wir leider nicht.

Deshalb nahmen wir Stöcke, Besen, Teppichklopfer usw. alles, womit man auf die Plane schlagen konnte, sie dadurch aber nicht beschädigt wurde.

Durch das Schlagen auf die Plane lösten sich die Körner aus den Ähren. Die wurden dann, nach Beenden der „Schlägerei", mit vollen Händen immer und immer wieder in die Luft geworfen, bis der Wind, in der Gasse, die Spreu von den Ähren getrennt hatte und nur der reine Roggen übrigblieb.

Diese Körner brauchte meine Mutter zum Brotbacken.

Die Körner wurden in der Kaffee-Mühle von Hand zu Mehl gemahlen. Damit verging meist der ganze Tag. In unserer Gasse sah es nachher aus, wie auf der Tenne beim Bauern.

Wir hatten den Wind als Helfer! Nachdem die Spreu durch den Wind vom Roggen getrennt wurde, war die Gasse wieder sauber, und wir brauchten die Gasse nicht extra fegen.

Die Stoppelfelder suchten wir so lange ab, bis wir keine Ähren mehr fanden. Nach ein paar Tagen war die Suche sowieso vorbei.

Man musste nur schnell sein, denn wir waren nicht die Einzigen, die so zum selbstgebackenen Brot kamen.

In jedem Fall war das billiger als beim Bäcker, und es hat auch viel besser geschmeckt.

Rauchen
in Jupp`s Garten

Gleich nebenan, im Haus Castroper Straße 5, wohnte meine Oma, und direkt, eine Etage darüber, mein Freund Jupp. Ein Jahr älter war er. Ich erinnere mich, ich war damals 9 Jahre alt und er schon 10.

Fünf Jahre nach Kriegsende konnten wir endlich überall da spielen, wo wir wollten. Bestimmte Gelände, auf denen Kinder nicht spielen durften, gab es kaum noch, doch meistens spielten wir einfach mitten auf der Straße.

Außer den rangierenden Straßenbahnen vor unseren Häusern, sah man tagsüber manchmal sogar einige Autos über die Castroper Straße fahren. Überwiegend waren aber nur Pferdefuhrwerke unterwegs.

Und diese Pferdefuhrwerke hinterließen viel Dreck und es stank und dampfte gewaltig. Jeder musste aufpassen, nicht in diesen „Pferdeäppeln" auszurutschen.

Unsere Nachbarn, ausgerüstet mit kleinen Bollerwagen, Eimern und einer Dreckschüppe sammelten die Pferdeäppel als Dünger für den Garten.

Wenn ich schnell genug war, und mich niemand sah, machte ich das auch für meinen Vater, der hinter dem Haus auch ein kleines Beet hatte.

Zu der Zeit war es gar nicht leicht, ein Stück Land für sich zu ergattern, jede Familie wollte Gemüse und Kartoffeln anbauen. Mein Vater war kurzfristig auf der Zeche als Maurer-Polier für einige Neubauten zuständig.

Ich weiß nicht genau wie er das angestellt hat, aber auf dem Zechengelände draußen vor der Stadt, an „Schacht 7" Richtung Marl, bekam er ein Stückchen Land zum Anbau von Gemüse.

Für diesen kleinen Garten konnte er die gesammelten „Pferdeäppel" gut gebrauchen. Ich weiß noch, dass ich ihm geholfen habe, wenn Kartoffeln gesetzt wurden. Der Pferdemist wurde untergegraben, damit wir dickere Kartoffeln ernten konnten.

Er baute auch anderes Gemüse an, nur ob er überall Pferdemist drunter hob, wollte ich eigentlich gar nicht wissen.

Das Wichtigste, das er anbaute, waren seine Tabakpflanzen. Sie waren sein ganzer Stolz. Als die Ernte anstand, waren die Blätter der Tabakpflanzen riesengroß.

Wir nahmen sie mit nach Hause und zusammen hingen wir diese Blätter auf ein extra dafür gespanntes Band, eine Art Wäscheleine, hinten auf dem Hof zum Trocknen auf.

Für einen Raucher war das wohl das Größte, das man sich vorstellen kann.

Nach dem Trocknen und anschließendem Kleinschneiden der Blätter, drehte er sich daraus Zigaretten.

Die zu kaufen, dafür hatte man damals kein Geld. Darum versuchten viele Leute mit Tabakanpflanzungen in ihren Gärten billig an Zigaretten zu kommen.

In der Nachkriegszeit sammelten wir Kinder eigentlich alles, was es zu sammeln gab, und spielten dann damit. Wie das so ist, als Kind kannst du alles gebrauchen. So war es auch mit den abgetrennten Deckeln der Zigarettenschachteln. Wir hatten für uns ein neues Kartenspiel erfunden.

Wir mischten die Karten so, wie wir es von unseren Eltern, bei den Skatspielen, gesehen haben und kopierten einfach das Skatspielen.

Je mehr Deckel, ich meine Zigaretten-Schachteln-Vorderseiten, man hatte, umso mehr konnte man tauschen und diese waren heiß begehrt. Ich weiß nicht mehr, wie die alle hießen, doch an „Juno" und „Overstolz" kann ich mich noch gut erinnern.

Wie Kinder nun mal sind, wollten wir in dieser Zeit natürlich auch mal „rauchen". Aber woher sollten wir Zigaretten bekommen?

Ganz in der Nähe, ca. 100 Meter Richtung Stadt, auf der Dortmunder Straße, gab es die Kneipe Möbius. Dorthin gingen meine Eltern manchmal.

Dort konnte man damals sogar einzelne Zigaretten kaufen. 20er Packungen, wie sie heute üblich sind, gab es nicht. Es waren schmale, flache Schachteln mit nur 5 Zigaretten.

Für den Wirt war es wohl ein gutes Geschäft, wenn Gäste an der Theke nur eine Zigarette wollten, er verkaufte sie nämlich auch einzeln. Manchmal vergaßen sie die Zigarettenschachtel auf der Theke, und er konnte sie dann einzeln weiterverkaufen.

Als wir mühsam einige Groschen gespart hatten, war es meine Aufgabe zu „Möbius" zu gehen, um zwei Zigaretten zu kaufen. Der Wirt kannte mich und nahm an, dieser Zigarettenkauf sei für meinen Vater.

Für mich war das toll, ich hatte 2 Zigaretten gekauft. Und jetzt? Jupp meinte, die rauchen wir in dem Schrebergarten meiner Schwester.

Auf einem abgetrennten Teil des Straßenbahn-Depots, seitlich, da wo die

Schienen lagerten, hatte die Vestische einigen Anwohnern der Castroper Straße ein Grabeland zur Verfügung gestellt.

Da waren in einer Reihe etwa 8 oder 10 Schrebergärten. Dort hatten sich die Anwohner kleine Holzhütten errichtet, nicht viel größer als ein Geräteschuppen.

Wir gingen, natürlich „total unauffällig", als sei nichts geschehen, über die Straße, in eben diesen „Schrebergarten". Es sollte doch auch nicht verdächtig aussehen. Ein schlechtes Gewissen hatten wir schon. Hier versuchten wir nun diese 2 Zigaretten zu rauchen. Immer vorsichtig, bloß nicht erwischen lassen.

Abwechselnd machte jeder nur ein oder zwei Züge, dann machten wir die Zigaretten sofort wieder aus. Wir wollten doch noch länger etwas davon haben.

Nur wohin damit? Verstecken war angesagt. Wir konnten sie aber nicht in unseren kurzen Lederhosen verstauen. Das wird auffallen und man würde es ja auch riechen können, glaubten wir damals.

Aber Jupp hatte mal wieder, wie so oft, die rettende Idee. In der rechten Mauerecke am Eingang seines „Hauses" war ein lockerer Ziegelstein, so ein roter, rechteckiger, den er aus der Mauer lösen konnte.

Dahinter versteckten wir Zigaretten und Streichhölzer. Hier, meinte er, werden sie auch nicht nass. So könnten wir sie einige Tage später weiter rauchen.

Gesagt, getan! Tage später wieder in den Schrebergarten und einige Züge gemacht.

Zufällig waren im Nachbargarten beide Töchter eines Nachbarn. Wir kannten uns und spielten manchmal zusammen, andere Absichten hatten wir in dem Alter noch nicht.

Die Eltern der Mädchen wohnten ebenfalls auf der Castroper Straße, einige Häuser unter uns. Sie hatten vom Fenster einen guten Blick auf das ganze Gelände der Vestischen und auf die Schrebergärten. Sie konnten uns und ihre Töchter jederzeit beobachteten.

Das, was sie dort sahen, gefiel ihnen nicht, zwei Jungen und zwei Mädchen! Haben da etwas hineininterpretiert, **„Erwachsenendenken"** eben!" Als wir abends nach Hause kamen, war der Deibel im Busch.

Es ging hoch her. Jupp und ich wurden beschuldigt, schmutzige Spielchen mit den Mädchen gemacht zu haben. Wir waren vollkommen ahnungslos und konnten sagen was wir wollten, uns wurde nicht geglaubt.

Wir beteuerten immer und immer wieder unsere Unschuld, denn wir waren wirklich unschuldig. Wir hatten keine Ahnung, wessen wir verdächtigt wurden. Wir waren doch noch zu dumm zu das!

Das führte schließlich dazu, dass diese Familien mit uns und unseren Eltern kein Wort mehr sprachen. Jupp und mir war das schnurzpiepegal, allerdings, wie unsere Eltern damit umgegangen sind, weiß ich nicht. Nur eines weiß ich ganz genau.

Das Versteck und die „Qualmerei" haben unsere Eltern nie erfahren.

Eisenbahnschienen
für den Klüngelkerl

Ungefähr 8395 Tage habe ich in Reck-linghausen-Ost gewohnt. Kaum zu glauben, 23 Jahre! Es waren schöne Jahre, an die ich mich gerne erinnere. Wenn mich jemand fragte, wo ich denn wohne, habe ich nur geantwortet: „in Ost".

Meistens folgte die nächste Frage: „Und wo ist Ost"? Was sollte ich denn darauf antworten? „Ost ist Ost, das weiß doch jedes Kind", waren dann meine Worte.

In solchen Momenten dachte ich oft, wie blöd sind die denn? Als ich noch sehr klein war, noch nicht in der Schule, kamen mir solche Fragen immer doof vor. Das muss doch jeder wissen, wo ich hier bin, das sieht man doch.

Erst viel später wusste ich, dass es in Recklinghausen auch Nord und Süd gab. Von West war nie die Rede, und ich konnte mir unter West auch nichts vorstellen. Auf meine Frage: „Und wo kommst Du her?", kam dann immer die oft etwas hochnäsige Antwort: „Natürlich aus Recklinghausen-Süd oder aus Recklinghausen-Nord."

Was für ein Lackaffe, dachte ich, Ost ist Ost. Ich wäre nie im Leben auf die Idee gekommen zu sagen Recklinghausen-Ost. Wir in Ost waren stolz aus Ost zu sein. Warum? War halt so!

Es müssen die ersten Jahre nach Kriegsende gewesen sein. Ich war gerade so 5 oder 6 Jahre alt. Die erste Zeit nach dem Krieg, so weiß ich heute, war die Schwierigste für alle.
Was gab es denn schon?

Nicht viel !!!! Und wir mussten mit dem auskommen, was es gab.

Die Ärmsten waren wir zwar nicht gerade, mein Vater hatte zum Glück sofort wieder Arbeit. Ich wurde in die Liebfrauenschule in Ost eingeschult.

Als Kinder bekamen wir doch kein Taschengeld. Nicht so wie heute, wo jedes Kind nicht überleben kann, wenn es nicht über eine bestimmte Summe verfügt. So ließen wir uns darum extra etwas einfallen.

In den Geschäften gab es endlich wieder Süßigkeiten. In großen Gläsern, die direkt vorne, für jeden sichtbar, auf der Theke standen, waren die schönsten Bonbons, Lutscher, Salmiakpastillen usw. zu sehen.

Uns lief das Wasser im Mund zusammen und wir wollten natürlich auch all die schönen Süßigkeiten haben.

Aber, was tun, wir hatten nun mal kein Geld! Von den Eltern konnten wir nichts erwarten.

Wie heißt es doch so schön, Not macht erfinderisch. Das Straßenbahn-Depot gegenüber war für uns der richtige Ort an Geld zu kommen.

In den Hallen wurden die Straßenbahnen gewartet und repariert. Die Straßenbahnschienen lagerten auf dem riesigen Vorplatz. Es gab Reparaturwagen, die täglich unterwegs waren, um die Schienen auf den Straßen in Ordnung zu halten.

Bei diesen Ausbesserungsarbeiten blieben meistens Reststücke übrig, die so zwischen ca. 20 bis 30 cm lang waren und einfach auf einen Haufen geworfen wurden.

Das Gelände war der ideale Spielplatz zum Verstecken und Spielen. Es war uns klar, dass wir das Gelände nicht betreten durften. Von den Eltern verboten! Aber gerade das, was verboten war, reizte uns sehr.

Also spielten wir doch zwischen den gelagerten Schienen und den Straßenbahnwagen. Immer auf der Hut, nicht vom „Hausmeister" der Vestischen erwischt zu werden.

Der passte nämlich höllisch auf, dass von **„seinem Vorplatz"** nichts geklaut wurde.

Wir waren aber noch soooo klein, dass er uns auf dem riesigen Platz so schnell nicht entdecken konnte. Wir wussten uns schon zu verstecken und unsichtbar zu machen. Das war eine unserer leichtesten Übungen!

Die kleinen Schienen-Enden, Abfall, waren für uns eigentlich viel zu schwer. Aber zu zweit ließen sie sich doch leicht wegtragen. Aber wo sollten wir nun damit hin? Niemand aus der Nachbarschaft durfte sehen, dass wir Schienen-Enden klauten.

Wir brauchten zwar nur über die Straße, aber das war ja gerade das Gefährliche daran. Und dann? Wohin damit?

In der Gasse, an der Seite unseres Hauses, befand sich, direkt vorne ein kleiner

Anbau. Das war so ein kleiner, gemauerter Schuppen mit einer Eisentür davor. Der Schuppen war nicht größer als etwa 1 m hoch, 1 m breit und vielleicht 2 m lang.

Clever wie wir waren, hatten wir das Schloss schnell geknackt und wieder so verschlossen, dass niemand etwas bemerkte. Der Schuppen wurde zum Glück nicht benutzt, stand schon seit Jahren leer.

Also das perfekte Versteck für unsere Schienen-Stücke. Jetzt mussten wir nur aufpassen, wann der „Klüngelkerl" vorbeikam. Zur damaligen Zeit kam der noch mit einem Pferdefuhrwerk aus Ost und fuhr weiter Richtung Stadt.

Von weitem hörten wir schon sein Flötenspiel. War er auf unserer Höhe angekommen, gaben wir ihm vom Straßenrand ein Zeichen. Wir saßen nämlich meistens auf dem Bordstein am Straßenrand und spielten dort.

Autos fuhren, wenn überhaupt, nur ganz wenige. Aufpassen mussten wir, wenn die Straßenbahnen rangierten oder wenn ab und zu mal ein Pferdefuhrwerk vorbeikam.

Der „Klüngelkerl" wusste schon ganz genau, was los war. Er parkte seinen Pferdewagen dann immer so, dass niemand vom Straßenbahn-Depot unseren Schuppen sehen konnte.

Wir hatten eigentlich immer Angst bei diesen Unternehmungen, wenn wir die Schienen-Enden aus dem Schuppen schleppten. Wir wussten, wenn wir erwischt werden, wird eine saftige Strafe auf uns warten. Aber das Risiko, einige Groschen zu bekommen, war es wert und wir gingen es ein.

Es kam immer dieselbe Frage vom „Klüngelkerl": „Habt ihr auch eine Genehmigung dafür?". Natürlich bejahten wir das auch immer. Er sah uns dabei so eindringlich an, als wartete er auf irgendeine Unsicherheit, aber wir guckten ganz harmlos, denn eine Genehmigung hatten wir natürlich nicht, woher denn auch?

Das Schienen-Stück wurde dann an eine Sackwaage gehängt. Gespannt schauten wir auf die Anzeige, springt heute vielleicht ein Groschen mehr dabei heraus?

Der Kerl war vielleicht so raffiniert, denke ich heute, hat die Waage vorher präpariert, so dass immer dasselbe Gewicht angezeigt war. Und so bekamen wir immer die gleiche Anzahl Groschen.

Aber wir trauten uns auch nicht, etwas zu sagen. Waren wir doch froh, dass er uns unsere geklauten Schienen-Stücke abnahm und wir dafür wieder Süßigkeiten kaufen konnten.

Gleisdreieck

Das „berühmt-berüchtigte Gleisdreieck". Warum das so hieß, konnten wir nie ergründen.

Uns Kindern war es strengstens verboten in dieses Gleisdreieck zu gehen. Die meisten Verbote haben wir befolgt, doch dieses Gleisdreieck reizte uns immer wieder aufs Neue.

Um in das Gleisdreieck zu gelangen, gab es zwei Möglichkeiten. Hinter dem Rathaus, nahe des Parks, gab es einen Weg, der dorthin führte. Den kannten wir nicht so genau.

Spannender und natürlich viel aufregender war es für uns, auf „unserem" Weg in das Gleisdreieck zu kommen. Das Gleisdreieck lag genau zwischen der Bahn-Strecke, die von Recklinghausen nach Herne-Wanne ging und der, die von Recklinghausen nach Suderwich führte.

Nach Verlassen des Hauptbahnhofs, ca. 500 m nach der Eisenbahnbrücke am Kuniberti-Tor, Richtung Süden liegt dieses Gleisdreieck. Es war nicht nur verboten dort hinzugehen, sondern auch sehr gefährlich.

An unserer Quelle, dem Bach mit den „Sieben Quellen" lagen zwischen Quelle und Bahnstrecke kleine Schrebergärten. Einige Leute haben sich hier einfach die Gärten errichtet, aber betreten durften wir die nicht.

Diese Gärten waren nicht gekauft oder gepachtet, sie wurden stillschweigend von der Stadt geduldet entlang der Bahngleise. Die „vermeintlichen" Eigentümer waren stolz auf ihre Gärten, aber kein Fremder durfte sie betreten. Kamen wir den Schrebergärten zu nahe, wurden sie fuchsteufelswild und drohten uns mit der Polizei.

Das war für uns doch kein Hindernis. Wir schlichen durch die Schrebergärten, den Hang hinauf, und warteten dann oben an den Gleisen, ob ein Zug zu sehen oder zu hören war. Auf Eisenbahnarbeiter mussten wir allerdings genau aufpassen, denn kurz vor dem Hauptbahnhof liefen oft Streckenposten die Gleise auf und ab.

Wenn keine Streckenposten in Sicht waren, konnten wir schnell die Gleise überqueren, um auf der anderen Seite wieder den Abhang herunterzurennen, um uns dort zu verstecken. Einen für uns etwas sichereren Weg konnten wir auch nehmen, nur war der langweilig.

Nicht weit von den „Sieben Quellen" gab es auch einen Abwasserkanal, „Hellbach" genannt. Aus der Stadt kommend, kurz hinter der Eisenbahn-Brücke „Kuniberti-Tor" kam der Tunnel

unter den Schienen heraus. Nach ca. 200 Metern verschwand er wieder durch einen Tunnel ins Gleisdreieck, wo er dort seinen Weg fortsetzte bis hin zur Kläranlage, kurz vor dem Zechengelände.

Der Abwasserkanal stank fürchterlich. Darum hieß der Hellbach im Volksmund auch „Köttelbach." Den widerlichen Gestank beachteten wir einfach nicht, wenn wir mal kurz durch den Tunnel, in gebückter Haltung, zum Gleisdreieck wollten.

Der Tunnel war höchstens 1 m hoch und rechts und links des Wassers war ein schmaler, wirklich nur fußbreiter Weg, über den wir nicht so einfach laufen konnten.

Das Interessante an diesem Gleisdreieck war, dass hier, zwischen den beiden Bahnstrecken, auch noch kleine Gärtchen waren, wo man sich in den Büschen herrlich verstecken konnte.

Manchmal war es auch eine Geduldsprobe zu warten, bis niemand mehr zu sehen war.

War die Luft dann rein, konnten wir in diesen Schrebergärten auf Entdeckungsreise gehen, spielen, und von den Obstbäumen oder Sträuchern Äpfel, Birnen, Stachel- oder Johannisbeeren pflücken.

Dass das eigentlich Diebstahl war, wussten wir zwar, aber dachten, das ist nur „Mundraub" und nicht so schlimm.

Wenn die Gartenbesitzer auftauchten, konnten wir schnell wieder in den Büschen verschwinden. Zu der Zeit gab es viele Rottenarbeiter oder besser gesagt Gleisarbeiter, die die Eisenbahnschienen reparierten bzw. ausbesserten.

Diese Arbeiter hatten kaum Zeit sich umzusehen, sie mussten sich ganz auf ihre Arbeit konzentrieren. Wenn sie uns aber trotzdem sehen, wie wir über die

Schienen laufen, würden wir mächtigen Ärger kriegen.

Darum mussten wir besonders vorsichtig sein. Es war eigentlich viel zu gefährlich für uns, da zu spielen. Damit wir beim Überqueren der Schienen von keinem vorbeifahrenden Zug erfasst wurden, warteten wir immer, bis der Rottenführer mit einem Horn die Strecke frei gab.

Die Arbeiter ließen dann sofort ihre Arbeit ruhen, gingen von den Gleisen, ließen den Zug passieren und warteten so lange, bis das Signal wieder ertönte, um anschließend weiterzuarbeiten.

Das war dann auch für uns der Moment, die Gleise schnell und gefahrlos zu überqueren, denn dann achteten sie nicht so auf ihre Umgebung.

Da gab es damals auch ein junges Pärchen aus Ost, das sich manchmal in das Gleisdreieck schlich.

Sie kamen von der Liebfrauenstraße und gingen immer über Schloss Püppi, vorbei an den Schrebergärten, um dann in den Büschen zu verschwinden.

Was sie da machten, konnten wir nicht beobachten. Wir haben nur gesehen, wenn sie zurück gingen. Dann küssten sie sich, richteten ihre Kleidung und hatten sich umärmelt.

Sie waren vielleicht 12 der 13 Jahre alt und gingen in dieselbe Schule wie wir. Um sie besser beobachten zu können, schlichen wir durch den Abwassertunnel. Das fiel nicht so auf, würden wir aber über die Gleise gehen, hätten sie uns sehen können.

Wir wollten aber nicht gesehen werden. Wir wollten etwas sehen! Hat aber nicht geklappt!

Es kam auch vor, dass wir ruckzuck wieder verschwinden mussten und beim Durchqueren des Tunnels unvorsichtig waren, dabei mit den Füßen im Abwasserkanal landeten. Er war nur knietief, da konnte nicht viel passieren, aber wir stanken fürchterlich.

Daher versuchten wir Füße, Strümpfe und Sandalen in den „Sieben Quellen" abzuwaschen, was auch nicht immer ganz gelungen ist.

Wir mussten ja schließlich heim und unsere Eltern durften davon doch nichts erfahren. Klappte aber nicht immer.

Kinder-Schützenfest – zur damaligen Zeit eine Tradition

Jedes Jahr, wenn die großen Schützenfeste von Ende Mai bis Frühherbst begannen, so auch in unserem Stadtteil Ost, meist auf Sanders Wiese, manchmal aber auch direkt in Hillen, hatte meine Mutter die Idee ihr eigenes Kinder-Schützenfest zu feiern.

Seit einigen Jahren war das für uns ein Muss. Ehrlich, ohne Kinder-Schützenfest ging gar nichts.

Auf „unserer" Castroper Straße, da waren sich viele Eltern einig, wurde von ihnen, für ihre Kinder ein richtig schönes Schützenfest organisiert.

Alle Kinder der Castroper Straße, angefangen bei der Hausnummer 1, bis hinunter zur Autowerkstatt und Schlosserei Peters, wurden dazu eingeladen. Ich glaube, sie fieberten schon danach, und alle machten auch fleißig mit.

Wie in den letzten Jahren, fand das Schützenfest wieder auf unserem Hof statt, direkt hinter Haus Nr. 3.

Es wurden Kinder-Tische und -Stühle zusammengestellt. Die Eltern backten verschiedene Kuchen, und haben auch für Getränke gesorgt. Es gab Limonade, Apfelsaft, Kakao oder Milch.

Meine Mutter sorgte dafür, dass alle Kinder, wie es Tradition war, eine Kinderbowle bekamen. Die Begeisterung war immer groß.

Alle Kinder hatten sich besonders fein gemacht, und wurden extra für dieses Fest herausgeputzt. Die Mütter hatten dafür das ganze Jahr über schon Kostüme genäht.

An diesem besonderen Tag konnten sie dann allen zeigen, wie toll sie in den Kostümen aussahen. Das war schon eine besondere Ehre, und alle Kinder waren stolz, dabei zu sein.

Wie bei den Erwachsenen, gab es natürlich auch immer eine Schützenkönigin, und einen Schützenkönig, die dann am Kuchentisch als „Königs-Paar" nebeneinander saßen.

Beide bekamen auch ein Krönchen aufgesetzt, welches meine Mama vorher extra gebastelt hat. Wie meine Mutter das jedes Jahr schaffte, dass immer ich Schützenkönig und meine Schulfreundin Königin wurde, hat sie mir nie verraten.

Es fand auch immer ein kleiner Umzug statt, wie beim Schützenfest der Großen. Angefangen bei uns, und weiter die Castroper Straße hinunter.

Bei Kartoffel Pastors bogen wir in die Jahnstraße, gingen weiter hinauf bis zum Frankenweg, links weiter bis zur Dortmunder Straße nach Lange, dem Lebensmittelgeschäft, anschließend auf die gegenüberliegende Seite zum Bäcker Hillebrand. Den ließen wir nie aus.

Es war in Ost Tradition, dass wir bei den Geschäften anhielten und sangen, dafür bekamen wir dann kleine Geschenke wie Süßigkeiten, oder vom Bäcker die leckeren Plunder-Teilchen, die anschließend auf dem Hof an alle verteilt wurden.

Damit der Schützen-Umzug auch echt aussah, wurde extra etwas gebastelt, mit Grün umwickelt, (wie auf dem Bild oben) an zwei Stöcken befestigt, und wir trugen es vor uns her. Mit einem kleinen Bollerwagen zogen wir los, und die ganz Kleinen setzten wir hinein.

Jedes Jahr dieselbe
Schützenkönigin -
- dank meiner Mutter - in die ich mich
damals vielleicht sogar verguckt habe.
Jedenfalls gefiel sie mir gut. Wir ver-
standen uns, sie war oft bei uns zu Hause und ich bei ihr.

Eine Kinderfreundschaft eben. Der Vater war Angestellter auf der Schlegel-
brauerei, und sie wohnten in einer
„Dienstwohnung", genau gegenüber der
Schlosserei Peters, die ich sehr schön
fand.

Sie war nicht mit unserer Zwei-
Zimmerwohnung zu vergleichen. Es waren 4 große Zimmer mit Balkon, und
einem Garten direkt hinter dem Haus.
Außerdem gingen wir zwei auch in dieselbe Klasse der Liebfrauen-Schule.

Durch Monika, so hieß meine Schützenkönigin, hatte ich das Glück, im
Schwimmbad auf dem Brauereigelände
schwimmen zu können.

Das Schwimmbad war nur für die Beschäftigten der Brauerei. Da gab es sogar zwei Sprungbretter, 1 m und 3 m.

Stundenweise war auch ein Schwimmmeister anwesend und passte auf, dass niemand ertrank.

Diese Zeit damals war wirklich toll, und dass ich Kinder-Schützenkönig war, habe ich nie vergessen, Monika dagegen schon.

Das Schwimmbad der Schlegel-Brauerei

In meine Schulklasse ging auch ein Schulkamerad, der auf der Schlegel-Brauerei wohnte. Das Gebiet der Brauerei gehörte nicht direkt zu unserem „Hoheitsgebiet". Deshalb hatte er auch nichts mit unserer Klicke von der Castroper Straße zu tun.

Durch meine Kinderschützenkönigin hatte ich Zugang zum Schwimmbad auf eben dieser Schlegel-Brauerei. Und genau da, lernte ich meinen Klassenkameraden Hans-Georg, besser kennen. Während wir im Wasser tobten oder spielten, verschwand er manchmal für einige kurze Momente, war plötzlich wieder da und spielte wieder mit.

Da habe ich ihn einfach gefragt, wo er denn gewesen sei. Er erzählte, dass er eben nach Hause gegangen sei, weil er auf die Toilette musste. Ich staunte nicht schlecht, denn hier am Becken gab es keine Toiletten. Schwimmen durften sowieso nur Menschen, die hier arbeiteten. Wenn die dann mal zur Toilette wollten, mussten sie kurz das Bad verlassen. Nebenan, ca. 30 m entfernt befand sich ein Gebäude, mit Toiletten, aber eben nur für die Arbeiter.

Hans-Georg wohnte etwas weiter entfernt vom Schwimmbad, aber noch auf dem Gelände der Brauerei. Sein Vater war im Vertrieb der Brauerei beschäftigt und sie bewohnten direkt daneben eine schöne Wohnung.

Hans-Georg lud mich zu sich nach Hause ein, ich war begeistert von der Wohnung. Von hier hatte man einen großartigen Blick auf das Schwimmbad.

Für mich war es schon toll, durch ihn jetzt auch hier schwimmen zu können. Ich brauchte von zu Hause nur kurz um die Ecke gehen, die Einfahrt hinauf, am Pförtner vorbei und schon war ich auf dem Brauereigelände.

Allerdings musste ich mich zuerst beim Pförtner anmelden. Es reichte aber, wenn ich sagte, ich wolle zu Benders, dann ließ er mich ohne Murren weitergehen.

Der konnte ja nicht wissen, dass ich mit Hans-Georg schwimmen wollte. Das Becken war etwa so groß wie ein 25 m Becken. Sprungbretter waren auch da, ebenso Startblöcke. Das war einfach ideal, denn ich brauchte nicht mehr zum Freibad in Speckhorn laufen, wenn ich mal schwimmen wollte.

In den Sommermonaten war ich fast täglich dort im Schwimmbad. So lernte ich mit der Zeit richtig schwimmen. Manchmal traf ich dort einen älteren Herrn, der hier seine Übungen machte, und den alle sehr respektvoll grüßten.

Er war immer sehr freundlich und lustig, ich mochte ihn. Von Hans-Georg erfuhr ich, dass es der Brauereidirektor Jupp Kipp war.

Später sollte ich noch oft mit ihm in Kontakt kommen, dass wusste ich damals allerdings noch nicht.

Wenn einmal das Wetter nicht so schön zum Schwimmen war, nahm mich Hans-Georg mit in die Wohnung. Auf dem Weg dorthin liefen wir durch einige Stockwerke und Hallen der Brauerei.

Ich durfte mir ansehen wie Bier gebraut, und die Flaschen abgefüllt wurden. Unten im Keller gab es noch die Küfer, die das Bier in Fässer abfüllten.

Das war damals eine lustige Zeit auf der Schlegel-Brauerei.

Was wohl aus Hans-Georg geworden ist?

Schwimmvereine

Schuld daran, dass ich in einen Schwimmverein kam, war eigentlich unser ehemaliger Mitbewohner Kriebel von der Castroper Straße 3.

Sein Schwager, Kurt Lünenburger, war der 1. Vorsitzende des Schwimmvereins „Blau-Weiß Recklinghausen". Manchmal war er bei unserem Nachbarn zu Besuch.

Dadurch erfuhr ich, dass die Schwimmmannschaft mittwochs mit dem Bus in die Nachbarstadt Oer-Erkenschwick, ins Hallenbad zum Training fuhr. Das Hallenbad war für zwei Stunden gemietet. Unser Nachbar nahm mich einmal mit, damit ich mir das Training ansehen konnte. Ich sollte selbst entscheiden, ob es mir gefiel.

Das Hallenbad in Oer-Erkenschwick lag in der Nähe des heutigen Berliner-Platzes, direkt hinter der Zechenbrücke.

Es war eines der ältesten Hallenbäder Deutschlands. Erbaut im Jahr 1930.

Schwimmtrainer Walter Bach entdeckte die damalige 15-jährige Olga Eckstein beim Sprung vom 3-m-Brett, spätere Europameisterin im Turmspringen in „seinem Hallenbad".

Recklinghausen hatte zu der Zeit noch kein Hallenbad. Wenn man schwimmen wollte, konnte jeder entweder ins Frei-bad Mollbeck, oder nach Suderwich ins dortige Natur-Freibad fahren.

Damals konnte ich nicht ahnen, dass der erste Besuch des Hallenbades in Oer-Erkenschwick ausschlaggebend dafür war, dass ich in den Schwimmverein „Blau-Weiß Recklinghausen" eintrat und Wettkampfschwimmer wurde.

Da ich seit einigen Jahren schwimmen konnte, habe ich mich dreist zum Pro-beschwimmen bei einer Schwimmriege angemeldet.

Die Riege betreute ein älterer Mann, selbst ein guter Schwimmer, wie ich später merkte. Der Betreuer war Jupp Kipp und er hatte mich direkt im Blick, als ich meine Bahnen schwamm.

Er nahm mich zur Seite und wollte wissen, woher ich so gut schwimmen kann. Da ich noch in keinem Verein war, sagte ich: „Ich habe das einfach so gelernt."

Er musterte mich dann eingehend, und nach kurzer Zeit kam die Erinnerung:

„Wir kennen uns doch vom Schwimmbad auf der Schlegel-Brauerei. Ist schon einige Tage her, aber du bist mir in guter Erinnerung geblieben."

Er wandte sich dann tatsächlich an unseren Nachbarn Kriebel, er möge doch meine Eltern fragen, ob ich nicht in den Schwimmverein eintreten darf.

Als wir nach dem Schwimmen mit dem Bus zurück nach Recklinghausen fuhren, sprach Herr Kriebel mit meinen Eltern und sie sagten ihm, dass ich alt genug sei, das selbst zu entscheiden, ob ich das will oder nicht.

Und ob ich wollte!

Ich fuhr während der nächsten Wochen mit zum Hallenbad und fing an bei Herrn Kipp zu trainieren. Natürlich, nachdem ich dem Verein beigetreten war, habe auch bald an den ersten Wettkämpfen als Brustschwimmer teilgenommen.

Als dann am 29. Mai 1957 das Hallenbad in Recklinghausen, auf der Hiller-Heide, eröffnet wurde, waren die Fahrten mit dem Bus in die Nachbarstadt Oer-Erkenschwick Geschichte. Ab sofort schwammen und trainierten wir in dem neuen Hallenbad.

Es gab damals drei Schwimmvereine in Recklinghausen und der näheren Umgebung.

In der Stadt den Schwimmverein Blau-Weiß Recklinghausen, in Süd den Turn- und Wassersportverein, kurz TuW genannt, und im Ortsteil Suderwich den Schwimmverein Neptun Suderwich.

Für diese Vereine waren Trainingszeiten im Hallenbad reserviert. Während der Trainingszeiten war der öffentliche Badebetrieb gesperrt.

Je nachdem, wie viele Badegäste im Hallenbad waren, und wie gut die Bademeister gelaunt waren, konnten wir manchmal für die Wettkampfschwimmer eine oder zwei Bahnen abtrennen, damit wir außerhalb des Trainings noch mehr trainieren konnten, wenn wir wollten.

Einmal im Jahr fanden die Stadtmeisterschaften im Schwimmen im neuen Hallenbad statt. Und diejenigen, die jeden Tag trainierten, holten bei den Stadtmeisterschaften natürlich die meisten Medaillen.

Zwischen den Vereinen fand ein ewiger Kampf statt: wer holt die meisten Stadtmeister-Titel?

Im Gesamtklassement im Jahr 1957 siegte Blau-Weiß Recklinghausen vor Neptun-Suderwich und dem Turn- und Wassersportverein.

Für mich waren diese Meisterschaften etwas ganz Besonderes. Ich wurde bei meiner ersten Stadtmeisterschaft über 100 m gleich Stadtmeister im Brustschwimmen bei der männlichen Jugend mit einer Zeit von 1:25,1 min.

Damit fing meine Erfolgsserie im Schwimmen an. In den Jahren darauf holte ich noch einige Stadtmeistertitel und war auch auf der Bezirksebene sehr erfolgreich.

Mit unserer 4 x 200 m Bruststaffel in der Besetzung: Konczak, Hähner, Franke und Hellweg, nahmen wir auf Wunsch des Vereins an den Deutschen

Schwimmmeisterschaften im Gelsenkirchener Freibad Grimberg teil.

Zum erstenmal nahm eine Schwimmstaffel des Recklinghäuser Schwimmvereins „Blau-Weiß" an den Deutschen Meisterschaften im Schwimmen und Springen teil, die am Sonntag im Gelsenkirchener Freibad Grimberg zu Ende gehen. Die Recklinghäuser hatten zwar von vornherein keine Aussichten auf Erfolg, da sie in der 4x200-m-Staffel gegen sieben starke Konkurrenzvereine antraten, freuten sich aber, wenigstens einmal „dabeigewesen" zu sein. Unser Bild zeigt (von links nach rechts): Herbert Hähner (17 Jahre), Manfred Helweg (17), Uli Franke (15) und Horst Konczak (22) kurz vor ihrem Kampf.   Foto: Stallmeyer

Gegen die wirklich schnellen und guten Schwimmer aus ganz Deutschland, hatten wir überhaupt keine Chance, schafften es nur auf den letzten Platz.

Egal!

121

Unsere schönsten Spiele:

**Brennball,
so haben wir das genannt.**

Was hatten wir als Kinder doch schöne Spiele. Da alle wenig Geld hatten, die Eltern damit haushalten mussten, und es damals keine Spiele, wie heute, zu kaufen gab, blieb uns nichts anderes übrig, als Spiele selbst zu erfinden. Fantasie war gefragt.

Mit den einfachsten Mitteln machten wir uns unsere Tage schön und spannend zugleich. Die Stunden nach der Volksschule verbrachten wir, meistens draußen an der frischen Luft, aber erst, nachdem wir unsere Schularbeiten gemacht hatten.

Ob Frühling, Sommer, Herbst oder Winter, wir liefen oft nur mit Hemd und Lederhose bekleidet, einfachen Sandalen, im Sommer sogar meistens barfuß, durch den Tag.

Wenn wir Hunger hatten, meldeten wir uns kurz bei Mama oder Oma nebenan. Dann wurde unser Hunger mit einer „Stulle" oder „Knifte" belohnt, und schon waren wir wieder weg.

Auf die Idee, im Haus zu spielen, kamen wir gar nicht erst. Was sollten wir da auch? Fernsehen, Computer kannten wir nicht. ***Gab es auch noch nicht!***

Und längst nicht jede Familie besaß ein Radio, aber das interessierte uns Kinder schon überhaupt nicht.

Da war es für uns doch viel lustiger und spannender „Brennball" zu spielen. Mit einem Messer haben wir uns einen dickeren Ast zurechtgeschnitzt, der dann so ähnlich aussah wie ein Baseball-Schläger.

(Den kannte damals allerdings keiner von uns, sag ich nur aus heutiger Sicht.) Dazu benötigten wir auch einen kleinen Ball. Hatten wir Glück, besaß jemand einen richtigen Tennisball, den wir dann, mit dem Schläger und aller Kraft, schlugen wie wir konnten.

Die ganze Castroper Straße hinunter, bis zu Sanders Wiese, sollte es schon sein. Der gegnerische Spieler versuchte den Ball zu fangen, um ihn dann seinerseits ebenfalls mit einem Knüppel, ich meine Schläger, wieder zurückzuschlagen.

Für uns war das Spiel toll und die Gewinner waren die „Kings." Oft hatten wir nur kleine Gummibälle, aber mit `nem richtigen Tennisball war man schon **„wer!"**.

Aus diesem Grund gingen Jupp und ich manchmal in den Stadtgarten. Im hinteren Teil waren Tennisplätze, alle mit einem hohen Drahtzaun versehen. Die Tennisbälle sollten nicht darüber fliegen, wenn die Spieler sie mit ihrem Tennisschläger in die gegnerische Hälfte schlugen.

Wir beobachteten die Spieler, wenn sie die Bälle über die Netze droschen, und so hatten wir tatsächlich einige Male das Glück, dass einer dieser begehrten Bälle über den Drahtzaun flog. Auf den haben wir gewartet. Bevor die Spieler ihre Tennisanlage verließen, um den Ball zu suchen, hatten wir ihn schon und rannten davon, so schnell wir konnten.

Nur so kamen wir an einen richtigen Tennisball, ein neuer Ball sprang auch viel besser als die abgedroschenen alten Gummibälle.

Wie gesagt, Geld für einen Neuen hatten wir nicht.

Es kam sogar vor, dass der Ball zum Tauschen genutzt wurde, wenn wir etwas Bestimmtes wollten.

Zum Brennballspielen brauchte man wirklich nicht viel!

„Pinnchen" schlagen

Das war ganz besonders lustig. Dazu benötigten wir wieder einen Schlag-Stock, nahmen aber manchmal auch den Brennballschläger.

Weiter einen kurzen, etwas dickeren Ast. Mit dem Fahrtenmesser, und das war nicht etwa ein Messer aus der Küche, nein, wir hatten damals fast alle ein „Fahrtenmesser", schnitten wir uns ein kleines Stück vom Ast ab.

Es war wichtig, trockenes Holz zu finden, das ließ sich einfacher bearbeiten. Es musste so 10 bis 12 cm lang sein, und wurde an beiden Enden angespitzt, nicht leicht, aber dann war das sogenannte „Pinnchen" fertig.

Von meinem Vater bekam ich nach dem Krieg ein ganz besonderes Messer. Er nannte es „Finnen-Dolch". War etwas kleiner als das übliche Fahrtenmesser, und passte genau in meine Lederhose.

Diese hatte an der rechten Seite eine kleine, längliche Tasche. Dort hinein konnte ich den Finnen-Dolch stecken und niemand sah ihn.

Von meinen Freunden wollte jeder diesen Finnen-Dolch haben, doch er gehörte mir, war mein ganzer Stolz. Sie versuchten immer wieder mit mir zu tauschen, aber vergebens. Den gab ich nicht her, hab` ihn aber heute nicht mehr!

Allerdings mussten wir das Pinnchen noch so zurechtschneiden, dass es vier flache Seiten bekam, damit es hinterher auch liegen blieb und nicht wegrollte.

Wir ritzten auf jeder Seite Kerben ein, die als Punkte zählten (jede Kerbe ein Punkt). Die Seite, die dann nach dem Wegschlagen oben lag, zählte. Eine „0" gab es natürlich auch.

Es wurde ausgewählt, wer den Anfang machte. Das Pinnchen legten wir so über ein Stück Holz, dass das angespitzte Ende etwas überstand. Danach schlug man mit „Schmackes" den Stock auf das Pinnchen-Ende, das da überstand, und es flog in die Luft.

Die Kunst bestand darin, das Pinnchen richtig hoch in die Luft zu schlagen. Hob es nur wenige cm vom Boden ab, hatte man es schlecht getroffen und es flog nicht weit.

Jeder hatte drei Versuche, traf man nicht, war der Gegner an der Reihe. Hatte man das Pinnchen weit geschlagen und es blieb auf einer flachen Seite liegen, wurde die Anzahl der Kerben für den Spieler gezählt. Lag die Null oben, war der Gegner wieder an der Reihe.

Ein Spiel, das lange dauern konnte, man traf das Pinnchen ja nicht immer so genau. Manchmal flog es auch über einen Zaun oder in einen Garten, dann musste es erst einmal gesucht und gefunden werden.

Manchmal konnten wir auch lange warten. Wir durften ja nicht einfach in andere Gärten, um das Pinnchen zu suchen. Nur wenn da niemand war, konnten wir das wagen.

Hatten wir aber ganz viel Pech und fanden es nicht, war das Spiel zu Ende und wir mussten ein neues Pinnchen schnitzen, das alte war einfach verschwunden.

Pitschendopp-Schlagen

Auch dieses Spiel sollte man können. Dieser Pitschendopp war ein kleiner Kegel von 8 bis 10 cm Höhe. Er hatte außen kleine Rillen, die sich spiralförmig nach unten, in Richtung Kegelspitze zogen.

Wir benötigten dazu wieder einen Stock, an dessen Ende ein Nagel befestigt war, daran banden wir eine Schnur. Die Schnur mussten wir genau in die Rillen um den Pitschendopp drehen, bis sie zu Ende und der Stock erreicht war.

Wenn man jetzt gekonnt, mit einer schlagartigen Bewegung, den Pitschendopp vom Stock auf den Boden brachte, und der sich dann auch noch drehte, war die erste Hürde des Spiels geschafft.

Dann musste man mit gezielten Schlägen versuchen, die abgewickelte Schnur um den Pitschendopp zu schlagen, gleichzeitig ziehen, damit der Pitschendopp sich schnell weiterdrehte, und nicht aufhörte. Wenn er zu langsam wurde, kippte er um und das Spiel war vorbei.

Wichtig war, dass man genau zum richtigen Zeitpunkt den Pitschendopp mit der Schnur treffen musste, um ihn weiter kreisen zu lassen. Das war anfangs überhaupt nicht leicht, aber wir waren ehrgeizig genug, so lange zu üben, bis wir Meister im „Pitschendopp-Schlagen" waren.

Säckeln

Ein Spiel in dem es um Geld geht.

Wir hatten als Kinder kaum Geld, wer dennoch mitspielen wollte, musste sich etwas einfallen lassen um, wie auch immer, an einige Pfennige und Groschen zu kommen. Manchmal plünderten wir dafür sogar unsere Spardosen.

Da war Geschicklichkeit angesagt, erstens fürs Geldbesorgen und zweitens fürs Säckeln. Es war ein ungeschriebenes Gesetz, dass der, der letztendlich alles gewann, in das Lebensmittelgeschäft, gleich um die Ecke ging, um dafür Süßigkeiten zu kaufen, die dann aber an alle verteilt wurden.

2 bis 3 Meter von einer Hausmauer entfernt, zogen wir, mit Kreide eine Linie, die wir für das Spiel nicht übertreten durften. Hinter der Linie stellten wir uns auf, und derjenige der ausgelost wurde, begann die Zitterpartie.

Er musste sein Geldstück so geschickt in Richtung Mauer werfen, nach Möglichkeit flach über den Boden, damit der Pfennig oder Groschen nicht hüpfte und flach liegen blieb. Nach und nach kam jeder an die Reihe. Wer sein Geldstück am nächsten an die Mauer werfen konnte, wurde zum Sieger erklärt.

Der glückliche Gewinner sammelte anschließend alle Geldstücke ein, die im Spiel waren, und nahm sie in die Hand. Dann begann der spannendste Teil des Spiels.

Es kam auf seine Geschicklichkeit an. Denn, wie er das Geld auf der Innenseite seiner Handfläche platzierte, war eine Kunst. Er musste jetzt das gesamte Geld mit einer kurzen Handbewegung in die Luft werfen, die Hand drehen, um es dann mit dem Handrücken wieder aufzufangen.

Gelang ihm sein Wurf, und hatte er beim Wiederauffangen alle Geldstücke auf seinem Handrücken liegen, war er ein Ass. Doch das Spiel war noch nicht beendet. Was dann kam, war schon fast zirkusreif.

Als nächstes musste er das so aufgefangene Geld, kurz, ohne es mit der anderen Hand zu berühren, wieder in die Luft werfen. Danach, sofort mit einer von oben nach unten schnell ausgeführten Bewegung, mit der hohlen Hand auffangen.

Meistens fielen schon beim ersten Auffangen Geldstücke auf den Boden, doch beim zweiten Auffangen mit der hohlen Hand zeigte sich der Könner. Es waren einige dabei, die alles fangen konnten, andere versagten vollkommen dabei.

Ich verrate hier mal meinen Trick.

Die Geldstücke legte ich wie eine Rolle in die Handfläche, um sie dann ganz kurz in die Höhe zu werfen, dabei fielen sie nicht in alle Richtungen auseinander.

Wenn ich dann auch noch die Hand superschnell drehte, konnte ich meistens das Geld zusammenhängend mit dem Handrücken auffangen.

Dabei mussten nur die Finger zusammenbleiben, und die Fingerspitzen ein wenig nach oben gestreckt werden.

Das anschließende Auffangen war dann viel leichter, weil es den Geldstücken durch das kurze Umdrehen der Hände nicht möglich war, sich aus ihrem Zusammenhalt zu lösen.

Wie ich darauf gekommen bin, keine Ahnung, aber es funktionierte!

Knickeln

Glas-, Ton- oder Eisenmurmeln, einen Schuhkarton, eine Schere und einen Bleistift, mehr brauchten wir zu diesem Spiel nicht. Ach nee, Kopfrechnen sollte man auch können.

Wir stellten den Schuhkarton, ohne Deckel, mit der offenen Seite auf den Boden, malten an der Schnittstelle mit dem Bleistift an der Breitseite kleine Tore. Die schnitten wir anschließend mit der Schere aus und über diese Törchen schrieben wir Zahlen.

Meistens sind wir angefangen bei 10, weiter mit 20, 30, 40, 50, 70, 100, 200. Das war nicht immer gleich, einfach wie es uns gerade in den Sinn kam.

Dann platzierten wir den offenen Schuhkarton irgendwo auf dem Boden, in der Gasse, auf der Straße oder drinnen in der Wohnung, wenn das Wetter schlecht war.

Eine vorher festgelegte Strecke wurde abgeschritten, eine Linie gezogen, hinter dieser Linie legten wir uns auf den Boden und legten alle Murmeln neben uns.

Dann wurde genau das Ziel anvisiert und mit Daumen und Zeigefinger schnippten wir die Murmel in Richtung Schuhkarton.

Dabei hofften wir, genau in das Törchen zu treffen, das die höchste Zahl anzeigte. Trafen wir mit einigen Knickeln nicht die Löcher oder schnippten sogar vorbei, wurden diese aus dem Spiel genommen.

Wir spielten immer so lange, bis der letzte Knickel geschnippt war. Dann war das Spiel für uns zu Ende.

Anschließend wurden die Zahlen zusammengerechnet, die auf dem Tor standen, durch das die Knickel verschwanden.

Derjenige, der die höchste Zahl „er-schnippte", hatte gewonnen. Ein kleines Säckchen mit Glasmurmeln war schon für wenige Pfennige zu kaufen.

Einige Kinder hatten schon die schwe-reren Eisenmurmeln, da konnten wir manchmal tauschen, aber dafür muss-ten wir uns wieder von anderen Sachen trennen.

Eine große Sammelleidenschaft war, die Vorderseiten der weggeworfenen Ziga-rettenschachteln zu sammeln. Wenn wir einige doppelt hatten, waren das die besten und beliebtesten Tauschobjekte. Zu der Zeit konnten wir fast alles mit diesen Vorderseiten tauschen.

Das alles waren Spiele, die unsere Fan-tasie erfand, die nichts kosteten, aber riesigen Spaß machten!